徳間文庫カレッジ

この国が戦争に導かれる時

超訳 小説・日米戦争

佐藤 優

徳 間 書 店

目次

文庫化にあたってのまえがき

２０１５年に入り、国際情勢は混迷の度合いを深めている。イスラム教スンニ派過激組織「イスラム国」（ＩＳ）は、本気で世界イスラム革命を遂行しようとしている。アッラー（神）は唯一者なので、それに対応して地上においても、唯一のシャリーア（イスラム法）だけが機能する単一のカリフ帝国を建設しようとしている。アルカイダもＩＳもカリフ帝国の建設という目標は同じだ。目的を達成するためにはテロや暴力に訴えることも躊躇しないという点も共通している。

ただし、両者には大きな違いがある。アルカイダにとっての主敵がアメリカやイスラエルなどの非イスラム国家であるのに対して、ＩＳにとっての主敵は、イスラム教シーア派だ。イスラム教シーア派も世界革命を追求しているが、ＩＳはそれをインチキと考える。偽《にせ》の革命思想を掲げるシーア派を殲滅しなくては、真のイスラム世界革命を実現することはできないという「内ゲバ」の思想をISは持っている。イランは12イマーム派のシーア派原理主義国家である。イランにとって、ISは真の脅威だ。従って、あらゆる手段を用いてでもISを解体することを考えている。

ISの台頭によって、アメリカの外交政策が変化した。アメリカは、「敵の敵は味方である」という論理で、イランと提携を強めようとしている。今年（2015年）4月2日夜（日本時間3日未明）、イランの核開発問題をめぐりスイスのローザンヌで協議を続けていた米英仏露中独の6カ国とイランが、最終解決への道筋を示す「枠組み」に合意した。アメリカのオバマ大統領は、イランが核兵器を造る道を止めたと自画自賛しているが、事態は楽観できない。この「枠組み」合意では、イランが遠心分離器を、6104基も保有することを認めている（現在は、約1万9000基）。また、空爆によって破壊することができない地下深くにあるフォルドゥのウラン濃縮施設も研究施設として存続することが認められた。フォルドゥの地下工場で、イランはウランを20％まで濃縮していた。原子力発電のためならば、5％の濃縮で十分なはずだ。ウランを90％まで濃縮すると広島型原爆を造ることができる。核保有はイランの国策だ。保守派だけでなく、改革派も、イランの核保有に賛成している。そうすることによって、イラン人は、ペルシア帝国を復活させようとしているのだ。今回の「枠組み」では、核爆弾1発分の濃縮ウランを2～3カ月で生産できる現在の能力を、最低、1年に延ばし、10年間はこの状態を続けるということに合意している。裏返して言うならば、イランが本気で核開発を行えば、1年後に原爆を持つことをアメリカが認めたということだ。

イランは狡猾な外交を展開している。確かにISとの戦いで、イランは欧米に協力する。それがイランの国益に合致しているからだ。核開発についてもイランは、完遂するとの強い決意を持っている。

世界のインテリジェンス専門家たちは、サウジアラビアとパキスタンの間に秘密協定が存在するという前提でこの情勢をウオッチしている。「イランが核兵器を保有したら、直ちにパキスタン領にある核弾頭のいくつかをサウジに移動する」というのがこの秘密協定の内容だ。経済的に困窮しているパキスタンが核開発に成功したのは、サウジが全面的に経済支援をしたからだ。サウジはパキスタンの核兵器のオーナーなのである。サウジがパキスタンに核弾頭の移動を要求した場合、パキスタンはこの要求を拒否することはできない。アメリカもパキスタンからサウジへの核弾頭の移動を実力で阻止することはしない。仮にそのような行動に出た場合、サウジとアメリカの関係は修復不能なレベルに悪化し、アメリカの中東における影響力が著しく低下するからだ。サウジが核を持てば、アラブ首長国連邦、カタールなどもパキスタンから核弾頭を購入し、エジプトとヨルダンは独自に核開発をする。アメリカのイランに対する宥和政策の結果、中東で核拡散が起きる危険がある。アメリカの対イラン宥和政策が国際社会に引き起こしている混乱を日本人は等身大で理解しておかなくてはならない。

70年前、あの戦争に敗北した後、日本人はアメリカについて真剣に考えることをやめてしまった。日米安保条約があるので、どんなことがあってもアメリカが日本を助けてくれると信じている。しかし、国際関係は生きている。国家間で永遠に続く敵対関係がないように、永遠に続く同盟関係もないのである。

本書の基になった樋口麗陽《ひぐちれいよう》著『小説　日米戦争未来期』は、今から95年前の1920年に刊行された。この作品を読むと、当時の日本人が、いかに冷静に国際情勢を分析していたかがわかる。外交におけるリアリズムを取り戻すためにも、本書を熟読してほしい。

本書の超訳は、尾崎秀英氏（2015年1月6日逝去、元『月刊日本』副編集長）と私の綿密な協議によって生まれたものです。本書を、天国にいる尾崎秀英氏に捧げます。

文庫化にあたっては、徳間書店の加々見正史氏にたいへんにお世話になりました。どうもありがとうございます。

平成27年6月5日、曙橋（東京都新宿区）の自宅にて

佐藤 優

序

本書は、大正9（1920）年に刊行された、樋口麗陽著『小説　日米戦争未来記』を現代語に超訳し、さらに解題として、現代にこの小説を蘇らせた意図を記したものである。原著は、当時の大衆娯楽小説として書かれたが、同時に、安易な反米感情がどのような結果をもたらすかについての警告を秘めている。私は、超訳を行うにあたって、原著の娯楽的部分を活かしつつ、樋口の警告が明確になるように工夫したつもりである。

読者は、小説部分から読み始めても良いし、解題から読み始めても構わない。特に、大正9年当時の歴史知識に不安がある場合は、次ページから順に読むことをおすすめする。

私は、現代に蔓延する反米の空気に対する危機感を強く持っているので、この本を書いた。共に海洋国家である日本とアメリカの利害は必ず対立する。対立したからといって、空気に流されたまま反米をつらぬき、戦争という事態になればどうなるか。それを今から90年ほど前に樋口は鋭く指摘していた。そして、その指摘は現代でも有効である。

読者には、この小説を「現代の物語」として読んでいただくことを期待する。

佐藤　優

私が本作を現代語に訳して復刻した理由

無自覚な「反米本」が溢れる中で

現下、日本社会をあるムードが覆っている。それは「反米」というムードである。思想というほど自覚されておらず、何かが起こると「これはアメリカの陰謀ではないか」というムード、まさに気分である。

私が樋口麗陽著『小説 日米戦争未来記』を現代に復活させたのは、無責任に反米を煽る一部知識人と、こういう人たちに乗せられて無自覚に反米の気分に浸る人間が多くなれば、日本国家が危機に陥るという危機感からである。

歴史は反復する。私は現下日本の状況を、この小説が記された大正9(1920)年の状況に酷似していると認識している。

本書は、反米を煽るものではなく、対米隷属を勧めるものでもない。わが国がアメリカという帝国主義国家と適切な距離を取るためには、冷静に彼我の実力を認識する必要がある。

かつて、現代と同じく日本社会が反米で熱狂したことがあった。第一次世界大戦後、日本は大正時代の終わり頃である。当時、多数の「反米本」が出版される中、樋口麗陽は空想小説という形で、日米戦争が起きればどうなるか、冷静な分析を基にシミュレーションを試みた。

樋口はこの小説を「日米戦争回避のために本書を書いた」と記している。私がここに本小説を現代語に訳して復刻した理由も同じである。

樋口麗陽という著者については、当時の大ベストセラー作家であったにもかかわらず、本人についての資料はほとんど残っていない。残された他の著書を見ると、「出世の作法」に類するハウツー本や『誰にもわかるマルクス資本論』等を執筆するなど、時代の流行に敏感な作家だったことがうかがえる。小説では当時のアメリカに対する見方、国際連盟に対する見解が記されているが、これらは樋口の独創というよりも、当時、社会に蔓延していた空気を摑んで整理し、言語化したものと考えて良いだろう。

大正９（１９２０）年時点で、樋口は日米戦争の到来を70数年後、20世紀末に想定したが、実際にはそれから20年足らずで日米戦争は現実となった。そして、実際に起きた戦争の経緯を、樋口はかなり正確に予測していた。

私はこれを偶然の一致とは捉えない。

人間が子供の頃に受けた影響というものは、無意識的であれ、大きな影響を生涯にわたって及ぼすものだ。たとえば私は人生相談も受けることがあるが、50代ぐらいの上司との関係に悩んでいる若いサラリーパーソンに対して、ひょっとしてその上司は梶原一騎の漫画『巨人の星』のファンではないか確かめるようにアドバイスしている。子供の頃に『巨人の星』に熱中して、主人公・星飛雄馬に感情移入した経験がある場合、星飛雄馬型の理不尽な根性主義に陥っている可能性がある。若い頃は星飛雄馬型でもあまり問題はないが、50代となり、組織の中核として部下を使い、育てる立場になった場合、根性主義はかえって現場の混乱をもたらすだけだ。しかし当の本人は、まさか自分が「大リーグ養成ギプス」のような理不尽なことを部下に押し付けていることに気づかないのだ。

『小説　日米戦争未来記』は当時、大ベストセラーとなった。特に、10代から20代の青年層に熱心に読まれたという。つまり、昭和16（１９４１）年、日米戦争開戦時に軍指導部の中核を担っていたエリート将校たちは、若い頃に樋口の小説を熱心に読んだ可能性が高いということだ。

たとえば、樋口は日米が開戦した場合、どちらがハワイを確保するかが死活的であることを指摘し、そのために日本海軍がどのような行動を取らなければならないかをシミュレートしている。こうした戦争のイメージは作戦立案を担う将校たちの無意識下に当然のこととして刷り込まれていたことは十分に考えられる。

また、小説では、石仏博士という発明家が「空中軍艦」という、「宇宙の引力と斥力を利用した」、すなわちガソリンなどの燃料を必要としない、空飛ぶ軍艦を発明している。

これについて、五味川純平（1916～1995）は長篇小説『戦争と人間』の中で次のような場面を描いている。

「こんな話を御存じか。航空技術者の五十人ほどのグループがありましてな。ガダルカナル戦のころのこと、東条はこの技術者たちに、ガソリンなしで、たとえば空気のようなもので飛行機を飛ばす工夫をしろと言いましたのじゃ。技術者たちは、無論、大笑い。冗談だと思ったんですな」

由介も市来も笑った。

「ところが東条は大真面目」

「で、どうなりました」

これは、市来である。

「……技術者たちは、技術的にも生産力的にも到底アメリカには敵し難いと判断して、和平に関する要望書を作って、近衛公のところへ持って行った……」

（五味川純平著作集　第20巻『戦争と人間（9）』三一書房、47頁）

東条英機が実際にこのような発言をしたかは定かではないが、少なくとも戦争末期頃、樋口麗陽の着想したような「燃料を必要としない新兵器」が本気で構想されていたことを窺わせる記述である。

樋口はこのまま国際関係が推移すれば、日米は必ず衝突することになる、その時にどのような事態が起きるか、また、どのような準備が必要かを警告した。そしてその警告の多くが現代にも当てはまることに読者は気づくはずだ。

小説のあとに載せた解題では各章ごとの見どころを逐次解説をほどこす（第一部）が、その前に、本書を読む上での基礎的な知識をここで整理しておきたい。

本書を読むためには大正９（１９２０）年の空気を踏まえる必要がある。そのためには歴史の知識が欠かせない。歴史といっても、専門的知識は必要ない。高校教科書レベルの知識があれば十分だ。特に、近現代史であれば『日本史Ａ』の教科書を活用することをお勧めする。『日本史Ａ』は、古代から現代までを扱う『日本史Ｂ』よりも近現代史に特化している分、記述の分量も丁寧さも分かりやすさが格段に上だからである。

ここでは、山川出版社の教科書『現代の日本史《日本史Ａ》』（２００７年）、『詳説 世界史Ｂ』（同）をベースに、必要な知識を整理しておく。ただし、あくまで本書の理解に必要な背景説明に留めるので、全体的な視点を求める読者には、教科書の別途購読をお勧めする。

なお、理解を助けるために、適宜、本書40ページの年表を参照いただきたい。

アメリカの台頭

第一次世界大戦（1914年）は世界史に大転換をもたらしたが、本書を理解する上でおさえておきたいのは次の三点である。すなわち、①アメリカの台頭、②新兵器の活躍、③日本の大戦景気である。

第一次世界大戦後、アメリカは急速に国際社会での存在感を増してゆく。しかし、アメリカはそれまで、ヨーロッパに対しては不干渉の立場を守っていた。

アメリカは、独立後まもなくおこったヨーロッパの戦争に対して孤立《こりつ》主義にもとづく中立をまもっていたが、イギリスが海上封鎖《ふうさ》で通商を妨害《ぼうがい》したので、1812年アメリカ＝イギリス戦争（米英戦争）がおこった。この戦争でアメリカは独立国としての意識を強め、経済的にも自立した。

その後、第5代大統領モンローは、ラテンアメリカ諸国の独立を支援《しえん》し、ヨーロッパ諸国がアメリカ大陸を植民の対象とすることに反対し、またアメリカもヨーロッパに干渉《かんしょう》しないことを宣言した教書《きょうしょ》を発した（筆者注・モンロー教書）。これは、その後長くアメリカ外交政策の基本となった。

――（山川出版社『詳説　世界史B』249頁）

アメリカは帝国主義国として、アメリカの裏庭である中南米への影響力を拡大し、同時にヨーロッパの影響力を排除する、これがいわゆる「モンロー主義」である。
しかし産業革命が進展した19世紀も終わりに近づく頃には、アメリカはさらに帝国主義的拡大に乗り出す。

合衆国の工業力は、19世紀末には世界の首位となるまでに発展した。国内でフロンティアが消滅するにつれ、それにかわって海外への進出をめざす帝国主義政策を求める声があらわれた。共和党のマッキンリー大統領は1898年アメリカ＝スペイン戦争（米西《べいせい》戦争）に勝利して、カリブ海・太平洋のスペイン領植民地を獲得し、海外進出の足場をきずいた。1899年には、国務長官ジョン＝ヘイが、中国での門戸《もんこ》開放原則の承認を各国に要求して、中国市場《しじょう》進出をはかった。（中略）1913年に民主党から大統領になったウィルソンは、「新しい自由」をかかげ、（中略）中米諸国へ

の帝国主義政策は、武力干渉から経済力による浸透《しんとう》を重視する「ドル外交」にかわっていたが、ウィルソンはアメリカ民主主義の道義的優位《どうぎてきゆうい》を説いて、アメリカの指導力を認めさせる「宣教師外交《せんきょうし》」を推進した。（同前、282頁）

現在、われわれは「アメリカは世界最大の国力を持つ」ということを当たり前に思っているが、当時の感覚を取り戻せば、世界最大の帝国はイギリスであった。ところが、19世紀末から20世紀初頭にかけて、世界最大の工業力を持つに至ったアメリカ合衆国が、いよいよ世界政治に干渉しはじめたのである。しかも、それはむき出しの帝国主義ではなく、「アメリカ民主主義の道義的優位」を建前としていた。

大事なのは、大正9（1920）年の段階でもアメリカの建前、もっと言えば「二枚舌」が日本人に見ぬかれていたという点である。これについては第二章の解説部分であらためて触れる（本書228ページ）。

1921年、ワシントン会議が開かれたが、ここで日本人の目に明らかになったのはアメリカがとりわけ太平洋地域の国際秩序に大きな力を及ぼし、国際的に日本を封じ込めようとする帝国主義的野心だった。

第一次世界大戦後、国際政治に影響力を強めたアメリカは、大国間の軍備拡張競争を抑制《よくせい》する一方、中国に対して門戸開放《もんこかいほう》を唱えた。そして、日本の中国進出をおさえて、東アジアの国際秩序を確立するために、1921（大正10）年、列国によびかけてワシントン会議を開いた。日本国内には、アメリカの動きを警戒する声もあったが、日本政府（原内閣、高橋蔵相）も軍事費の増大に苦しんでおり、軍縮《ぐんしゅく》で財政的負担を減らすとともに、欧米諸国との協調関係を強化して、国際的孤立化をさける好機《こうき》と判断した。そこで日本は、加藤友三郎《かとうともさぶろう》・幣原喜重郎《しではらきじゅうろう》らを全権《ぜんけん》として送り、会議に参加した。

ワシントン会議では、1921年12月、アメリカ・イギリス・フランス・日本により、太平洋の安全保障《あんぜんほしょう》を取り決めた四カ国《しかこく》条約が結ばれて、日英同盟協約《にちえいどうめいきょうやく》は廃棄《はいき》された。ついで、翌1922（大正11）年2月、この4カ国にイタリアを加えた5カ国の間に、ワシントン海軍軍縮条約が調印された。

また、この5カ国にオランダ・ベルギー・ポルトガルおよび中国を加えた9カ国の間に九カ国条約《きゅうかこく》が結ばれ、中国の主権と独立の尊重、中国に対する門戸開放《もんこかいほう》・機会均等の原則が取り決められた。

（山川出版社『現代の日本史《日本史A》』、96、98頁）

第一次世界大戦は本質的にヨーロッパを舞台とした戦争であり、戦後、疲弊したヨーロッパ諸国にとって代わるように、アメリカと日本がその存在感を増してきた。そして、共に海洋国家であり、共に中国市場獲得を狙う日本とアメリカの利害が対立しており、そのため近い将来、それが実際の軍事衝突となる可能性は高かった。とりわけ、ワシントン体制は実質的に列強諸国による「日本封じ込め」の意図が大きい。

日英同盟（1902年）はもともと、膨張するロシア帝国をユーラシア大陸の両側からけん制する目的で締結された。第一次世界大戦ではこの日英同盟を理由に日本は対ドイツ戦に参戦したが、日本はほとんど戦闘らしい戦闘を経験せずに、中国山東省にあるドイツの軍事基地青島や赤道以北のドイツ領南洋諸島（ミクロネシア群島）を占領した。

こうした日本の領土拡張に対して、アメリカだけでなくイギリスも警戒感を示した。このため、ワシントン体制の中で日英同盟は多国間条約という形で発展的に解消され、その実態はむしろ英米主導による「日本封じ込め」となったのである。

樋口は以上の国際政治状況を冷静に予測・分析しており、来るべき戦争ではどのような構図で戦争が起きるか、正確に予見した。

ヨーロッパにおいてはイギリス、フランスがドイツを抑え込むというヴェルサイユ体制、太平洋においてはアメリカが日本を抑え込むワシントン体制、この二つの体制を覆すのが次の戦争の目的となる。だから樋口は、日本とドイツ、中米（メキシコ）という、抑えこまれている側の連合と、アメリカ、イギリスという抑え込む側の連合との戦いという構図を描いたのである。

新兵器の脅威

前述した通り、日本は第一次世界大戦においては、ほとんど戦闘らしい近代戦を体験していない。つまり、最後の戦闘がその前の１９０４年の日露戦争であり、実際に日本が次の本格的戦闘を迎えるのは１９３９年のノモンハン事件ということだ。この間、35年、すなわちおおよそ一世代が経過している。これは、大東亜戦争を指揮した幹部の多くが、本物の戦争を前線で体験したことがないということを意味している。

たとえば、東条英機は1884年生まれ、1905年に陸軍士官学校を卒業し、1915年に陸軍大学校を卒業しているので、実際の戦争経験はない。インパール作戦で悪名高い牟田口廉也は1888年生まれ、1910年に陸軍士官学校を卒業し、1917年に陸軍大学校を卒業しているので、東条と同じく、戦争経験はない。こうした人々が大東亜戦争の指揮を執っていたのである。

さらに、日露戦争と第一次世界大戦との間には、戦争の概念を覆す根本的変化があった。それは、機関銃、戦車、飛行機という新兵器の登場であり、それによって前線も銃後も関係なく戦場となる、総力戦という新しい戦争の到来である。

新兵器の開発が戦争の形を変えていくという認識があるかないかは、戦争指導者の能力にとって決定的である。たとえばソ連のトゥハチェフスキーは、第一次世界大戦ではまだ機関銃に対抗する補助的道具であった戦車の可能性に着目し、戦車を主力として一気に前線を制圧する「電撃作戦」を発案した。このトゥハチェフスキーの戦術は歴史上名高いドイツによるインテリジェンス活動によって奪取され、ナチス・ドイツによるポーランド侵攻でその効果を実証した。

また、飛行機の登場も戦争の形を大きく変えた。それまでは平面的な戦闘であったものが、飛行機によって立体的な、三次元の戦闘となった。ここから敷衍《ふえん》して考えれば、これからの戦争がどういうものになるのか、容易に想像はつくはずだ。それは、サイバー空間での戦争だ。

小説中では、アメリカの新兵器「電波利用の空中魚雷」が猛威を振るう。これは現代の言葉で言えば、誘導式ミサイルのことである。海中で可能なことは空中でも可能になるだろうという予測が、「空中魚雷」という造語を生み出した。しかし樋口の卓見は、それが電波を利用し、自由に操作できるというところまで想像力を拡大したところだ。

1873年にマクスウェルが電磁方程式を発表して以来、電磁波の技術は急速に進化した。1912年、有名なタイタニック号遭難事故の際には、タイタニックから無線電信が送られている。樋口は単に情報を送受信するのみでなく、将来的には電波を利用して空中魚雷を操作できるという近未来を予測した。それだけでなく、その電波を妨害する新発明の必要まで説いている。

ひるがえって現在、戦争の形はどうなっているだろうか。世界の戦争先進国は、戦闘の無人化に向かっている。その鍵は、樋口の言う「電波利用」である。

たとえば、今、イスラエルではニート、ひきこもり、日本で言う「おたく」の軍事活用が行われている。彼らはゲームが上手なので、一箇所に集めて「爆撃ゲーム」をやらせるのだ。もちろん、そのゲームは実物の無人偵察機にリンクしており、その爆撃目標地は現実の世界なのだ。万が一、撃ち落とされたり墜落しても、リセットボタンを押せば、また次の無人偵察機が出撃する仕組みだ。これは2006年のレバノン戦争で実際に投入されている。

爆撃が無人化できたとしても、敵地を占領するとなると陸上部隊が必要になる。湾岸戦争で手こずったのはここだ。いくら海上から雨あられのようにミサイルを投下しても、実際に陸上に上がれば、ゲリラを相手とした、人と人との戦闘になる。

ここで思い出すべきなのは、「モスキート音」の発見である。「モスキート音」とは、ある一定年齢以上には聞こえない音、若者にしか聞こえない不快な音で、コンビニの前などにたむろする若者を追い払う技術として定着している。人間は年を経るに従ってある周波数以上の音は聞こえなくなるという現象を利用した、イギリスが開発した技術だ。

だがそもそも、この技術は軍事転用が容易に可能だ。陸上で戦闘を行う兵士は、その肉体的能力の制限のため、多くは若者が行う。ところが、この「モスキート音」を、戦闘不能なほどの影響をあたえるように増幅し、敵地に発信すれば、ほとんどの敵兵は戦闘能力を奪われるだろう。その後に、「モスキート音」が聞こえない中年兵士が機関銃を手に掃討に入れれば、対ゲリラ戦は格段に容易になる。こうした未来は、すぐそこまで来ていると考えたほうが良い。

大事なのは、戦争の形は、技術の革新によって変化するということだ。とりわけ、実際に戦争を行っていない期間が長い国は、戦争の現実から取り残されがちだ。樋口はそこを正しく見抜いていた。

こうした「電波利用」に対抗するため、その電波を逆に制御する対抗技術を樋口は創案したが、それは現代で言えばサイバー戦争、つまりハッキング技術やサイバーテロということになる。事実、イランの核開発は世界の懸念であったが、２０１２年、イランの遠心分離器を制御するコンピューターに謎のウィルスが感染し、これによってイランの核開発は数年遅れをとることになった。

現在、世界の兵器のほとんどはコンピューターで制御されている。そのため、コンピューターそのものを制御不能にする、あるいはハッキングすることで敵国の軍事力を削ぐことが可能になっている。アメリカのオバマ大統領と中国の習近平主席との会談（２０１３

年6月)で、中国によるサイバーテロが議題となったのは記憶に新しい。

それでは、サイバー戦争の時代において、サイバーテロに対してもっとも高い防御力を持っている国はどこだろうか。

それは、実は北朝鮮である。世界がインターネットによってサイバーテロの舞台となる一方、北朝鮮ではインターネット網が整備されておらず、特に軍事技術は未だにローカルネットワークを用いている。そのため、却ってネット経由によるサイバーテロに対して強いのだ。技術が高度に発達すると、このような思いがけない逆説的な事態が生じることもあるという興味深い教訓だ。

技術革新によって戦争の形は変わる。そして、それは戦闘を経験していなければ皮膚感覚で理解できない。旧態依然の戦争観のまま戦争に挑めば、必ず敗北することを樋口は警告している。

大戦景気(大正バブル)

次に、大正9(1920)年前後に日本を覆っていた雰囲気を確認しよう。

第一次世界大戦では先進工業国であるヨーロッパ大陸そのものが戦場と化したため、アメリカ、そして遅れてきた工業国家・日本に大きな市場獲得のチャンスが訪れた。

第一次世界大戦が長期化すると、ヨーロッパ諸国の東アジア市場への輸出は後退し、これにかわって綿糸《めんし》・綿織物《めんおりもの》をはじめ日本商品が、東アジア・東南アジア市場に大量に輸出された。アメリカの好景気を反映《はんえい》して、大戦中から戦後にかけて生糸《きいと》の対米輸出も、いちだんと好調をつづけた。1915（大正4）年以降、貿易は輸出超過《ちょうか》に転じ、国際収支《こくさいしゅうし》は大はばな黒字となり、それまで債務国《さいむこく》だった日本は、一転《いってん》して債権国《さいけんこく》になった。中国向けの資本輸出もさかんにおこなわれ、日本国内の労働賃金《ろうどうちんぎん》も上昇したことから、大戦後は大手の紡績《ぼうせき》会社が低賃金の労働力を求めて、つぎつぎに中国に工場を建設した（在華紡《ざいかぼう》）。

国内産業では、大戦中に世界的に船舶《せんぱく》の需要《じゅよう》が急増し、造船業・海運業がブームをむかえて、日本の造船量はアメリカ・イギリスについで世界第3位に達し、また技術的にも、世界の最高水準に肩を並べるまでになった。造船会社・海運会社は巨額の利益をあげ、とくに中小海運業者のなかには、

――にわかに巨万《きょまん》の富を蓄《たくわ》えて船成金《ふなないきん》とよばれる者も続出した。
（山川出版社『現代の日本史《日本史A》』、１０１頁）

この大戦景気はあくまでもヨーロッパが戦乱に巻き込まれているために生じた一時的需要であることは明らかで、大戦の終結とともにその需要も収束すると考えるのが当然である。しかし、異常な好景気に沸いている日本国民は、冷静にきたるべき景気後退を見ようとはしなかった。大戦景気がいわゆる大正バブルを生み出し、そのバブルの熱狂に全国民が浮かれていたのである。

当時、日本銀行総裁（後に大蔵大臣）であった井上準之助は、好景気はずっと続くと信じた人々の心理を次のように述べている。

――即ち世界各国通貨が非常に膨張して居る、此通貨の膨張と云ふものは短時日の間に整理が出来るものぢやない。それであるから外国の事情も決して整理は出来ぬのであるから、戦争中と同一の影響を日本に与ふべきものだ。斯う云ふこと、、それに次いで戦争中に三千有余億円の金を使った、其金の力と云ふものは世界中何れの部分にか必ず働くべきものであつて、戦争が済んだと云ふ単なる事実に依つて、其金の力の働きが消えるものではないといふ考であります。是は自分の希望と意見と一致したやうな考でありますけれども、日本の多数の人はさう考へた。

（井上準之助『戦後に於ける我国の経済及金融』岩波書店、1925年、25頁）

※原文は旧字体

人間は都合の悪いことは考えたくないものだ。社会心理学には「正常性への傾斜（normalcy bias）」という概念がある。これは、危険が目前に迫っていても、その危険性を認めず、正常の範囲内だと自分に言い聞かせてしまう心理作用である。もちろん、このために被害は拡大する。この心理作用が社会全体に蔓延したのが大正バブルである。

現代のわれわれが100年前の感覚を肌でつかむことは難しいが、このバブルの感覚について言えば、40代以上の読者ならば皮膚感覚でわかるはずだ。まさに、1985年のプラザ合意から1991年のバブル崩壊までの戦後日本が経験したものと同じことが大正9

年前後にすでに起こっていたのである。続けて井上準之助の証言を見てみよう。

私の記憶に残つて居る一の例を申しますと、静岡県で当初大正七年前に紙の会社を拵へて非常に儲かつたので其儲かつた味を忘れ兼ねて、今度は東京の権利株や種々様々の株を買はむと図つたのであります。それで或鉄道の小さな停車場のある所に事務所を置いて、田舎から腰弁当で田吾作が毎日出て来て、「東京の電話は今日はどうかな」と云ふような調子で、其処で株の売り買ひをしたことは有名な話です。（中略）政党員、給料取、教育家、銀行の重役、人と云ふ人は誰れも彼も投機をやると云ふような工合であリました。（中略）此の投機熱は日本内地のみでは止まらなかつたのです。海外にまで及びましたのです。例へば日本の砂糖会社がジャバの砂糖市場に投機を試みたのであります。日本の砂糖会社のジャバ糖の買入れは必ず常に投機でもないのでありますが、此の時期に於てはジャバ砂糖の先物を一億円以上も買つて、さうして値段が高くなれば先物を売る。日本の需要高とは何等の関係はありませぬ。

（同書、31～33頁）

まさにわれわれが経験したのと同じことが大正時代に生じていた。そしてその当時の人々の国際社会に対する態度もまた、戦後バブル当時に日本人が抱いていたのと同じものであったことが推測できる。

念のために、バブル真っ盛りの頃のベストセラーを確認してみよう。日本著者販促センターがインターネット上で公開している、それぞれの年のベストセラー30点の中から、特徴的な書籍を挙げてみよう。（http://www.1book.co.jp/「出版業界の豆知識」参照）

1987年	『62年版　頭のいい銀行利用法』	野末陳平・海江田万里	青春出版社	10位	1位は　俵万智『サラダ記念日』
1988年	『63年版　頭のいい銀行利用法』	野末陳平・海江田万里	青春出版社	21位	1位は　川津祐介『こんなにヤセていいのかしら』
1989年	『「NO」と言える日本』	石原慎太郎・盛田昭夫	光文社	19位	1位は　吉本ばなな『TUGUMI』
1990年	『それでも「NO」と言える日本』	石原慎太郎他	光文社	11位	1位は　二谷友里恵『愛される理由』

これは全ジャンル総合の順位だ。『サラダ記念日』や『こんなにヤセていいのかしら』が売れる中、『頭のいい銀行利用法』がベスト30に入っていることから、当時の国民の金融に対する関心の高まりがうかがえる。『63年版　頭のいい銀行利用法』のアオリには次のように書いてある。

「今年からは大きく変わるお金新常識。マル優廃止後の預け方・ふやし方・新型金融商品の全てを図解。63年の新ポイントを網羅」

（なお参考までに2012年度《トーハン調べ》のベスト20に、金融、政治に関する書籍はランクインしていない。1位は阿川佐和子『聞く力』である）

そして89年、石原慎太郎氏らによる『「NO」と言える日本』が登場する。これは経済的に自信をつけた日本が、アメリカに対して「NO」を言う立場になることを宣言した書物である。

大正バブル期にも、おそらく経済的自信を背景に、ワシントン体制で日本を封じ込めようとするアメリカに対して「NO」と言おうという雰囲気が蔓延したことは容易に想像できる。

大正9（1920）年、本小説が出版された同じ年にバブルは崩壊し、慢性的不況が続く中、大正12（1923）年9月1日、関東大震災が発生する。

1923（大正12）年の関東大震災《かんとうだいしんさい》により、中小銀行は取引先の多くが被災《ひさい》して決済《けっさい》できなくなった手形《てがた》（震災《しんさい》手形）を多くかかえ、経営状態が悪化していた。政府の損失補償《そんしつほしょう》のもとに、日本銀行が震災手形の再割引《さいわりびき》に応じるという救済措置《きゅうさいそち》がとられたが、1926（昭和元）年末になっても多額の未決済の手形が残っていた。

（山川出版社『現代の日本史《日本史A》』、112頁）

不況の中で発生した震災がさらに多くの負債を生み出し、日本経済をさらに悪化させていく中で、今度は世界恐慌の荒波が日本を襲う。この経済的行き詰まりの中から、満州進出、そして宿命的に日米は対立を深めてゆく。

以上の歴史背景をもう一度整理すると、次のようになる。

西　暦	日　本	世　界
1904	日露戦争勃発	
1905	ポーツマス講和条約締結	
1910	韓国併合	
1912		清朝滅亡、中華民国建国
1914	第一次世界大戦勃発、大戦景気	第一次世界大戦勃発
1917		ロシア革命
1919	ベルサイユ講和条約締結	ベルサイユ講和条約締結
1920	国際連盟常任理事国になる、戦後恐慌 樋口麗陽著『小説日米戦争未来記』出版	国際連盟成立
1921		ワシントン海軍軍縮会議（米英日仏伊）
1922		ソビエト社会主義共和国連邦建国
1923	関東大震災、震災恐慌	
1924		アメリカで排日移民法成立
1927	金融恐慌	
1929		世界恐慌
1930	昭和恐慌	ロンドン海軍軍縮会議（米英日仏伊）
1931	満州事変	
1932	5・15事件、満州国建国	
1933	国際連盟脱退	ドイツでヒトラー政権成立 アメリカでF・ルーズベルト政権成立
1936	2・26事件、日独防共協定締結	
1937	日中戦争勃発	
1939	ノモンハン事件	第二次世界大戦勃発
1940	日独伊三国同盟締結	フランスがドイツに降伏
1941	日米戦争勃発（日中戦争を含め大東亜戦争と命名）	ABCD包囲網（対日経済封鎖）
1942	ミッドウェー海戦敗北、本土空襲開始	アメリカで日系人強制収容
1945	ポツダム宣言受諾	国際連合成立

（1）国際情勢は日本封じ込めに動いており、それに反発する国内世論が高まっていた。

（2）日本は1904年の日露戦争から1939年のノモンハン事件まで、本格的な戦闘を経験していなかった。

（3）日本はバブルを経験し、それが崩壊した。

（4）バブル崩壊後の不況の時に関東大震災に遭い、日本経済はさらに弱体化した。

私は、こうした歴史的状況が現在、ふたたび繰り返されていると考える。歴史は類比として反覆する。ならば、大正バブル崩壊以降にかつて日本がたどった道が、再び繰り返される危険がある。私の狙いは、そのような危険をいかに回避できるか、この小説から歴史的英知を学び取ることにある。

読者は、樋口がどのような警告を発したのかを考えながら、まず先に小説を読んでも（あるいは読み返しても）よいし、小説のあとに収録する「解題」、私による各章への解説を読み進めてもかまわない。

超訳　小説・日米戦争

第一章　日米開戦！

ついに日米戦争勃発す！

日米戦争！　日米戦争！

簡単だが重大な意味を持つこの言葉は、日米両国民が最高度に緊張したあげく、その絶頂において大きな声で一斉に叫ばれた。そしてその叫び声は両国民の神経を電流のように刺激して、未曾有の緊張をもたらした。

日米を除く世界の人々は、永久の平和に憧れ、人類世界で一切の戦争行為がなくなることを期待し、夢想し、安心しきっていた。ところがこの言葉を聞くと、青天の霹靂《へきれき》、突如大魔王の軍隊が攻め込んできたかのような恐慌・戦慄に襲われた。

この世界的重大事件が勃発したのは、二〇世紀も終わり、二一世紀になろうとする某年某月某日、深夜〇時三五分のことだった。

日米両国は申し合わせたかのように、ほとんど同時刻に宣戦を布告した。

三日目には動員命令が下った。

満を持して待機していた日本の陸海軍は、昼夜を惜しまず、素早く出動準備に取りかかった。

「よう、ついに日米戦争だな、お前しっかり頼むぜ。アメ公にケツの穴なんか舐めさせられるんじゃねえぞ」

「うはははは。俺よりお前こそしっかり頼むよ。いよいよ第二次世界大戦なんだ、ひょろひょろのアメ公ごときにガツンとやられるようじゃあ、国辱もんだからな」

「ハッハッハ。お互いこれほど意気盛んなら負けることもあるまいな。ならばどうだ、戦勝の前祝いだ。どこかそこらで、これから祝杯をあげないか」

「うん、それもいいな」

「それもいい、なんて中途半端な答えはよくないな。どうだ、祝杯をあげるか、あげないか、どちらだ」

「うん、飲もう！　ところでどこで飲むんだ？」

「どこでも構わんよ。どこで飲もうと国家経済に貢献するんだからな」

「じゃあ、どこか連れてってくれよ」

「連れてってくれって……なんだ、俺におごらせるつもりか？」

「当たり前だろう。言い出しっぺがおごるというのが、大昔からの天下の決まり事ってもんだろう。わははははは」

いよいよ迫る日米戦争に緊張した将校や下士官らが電車の中や道端などでばったり会うと、決まってこんな会話が繰り広げられ、決まって「天下の決まり事」が行われるのであった。

一般国民も、緊張しつつ熱狂し、熱狂しつつ緊張し、むしろ軍人たちよりも戦意は高揚して、普段は控えめな草食系男子もこのたびばかりは大根みたいに白く細い腕に力こぶを溜め、腕っ節の強さが自慢の肉食系男子たちは筋骨隆々たる腕を叩いて来るべき戦闘に意欲を燃やした。

事は男だけではなく、良家、中流家庭、貧困家庭を問わず、ご婦人方や娘さんたちもひとしく、話は戦争で持ちきり、みんな揃って憎《に》っくき敵への悪罵《あくば》を口にするのだった。

奥さんたちの井戸端会議で戦争の話題に花が咲くかと思えば、店のオーナーは従業員をつかまえて「今回の日米戦争の理由はなあ……」と開戦理由について講釈してみたり、挙げ句の果てには来店した客と戦争論議、談論風発、こうなると従業員も店の仕事よりも話のネタになる新聞の号外を取ってくることに忙殺されるというありさまである。民間がこうだと、官僚だって同じである。事務仕事や部下の仕事ぶりを監督することよりも、戦争談議の花ざかり、農家だって、畑を耕しながら、日米開戦について考え、議論するということになる。

全国の新聞は、我先にと、戦争を煽りに煽る号外を乱発し、戦争気分を盛り上げ、アメリカへの憎しみを煽り立てた。その紙面は「戦争」という文字が躍りまくっているのだが、人々は、本当かウソかもわからないながらも「戦争」という文字ずくめの新聞を熱狂的に買い、読んでみても「戦争」の実態がさっぱりわからないながらも、意味不明なままに熱狂し、歓喜し、法悦した。大の大人が子供のように熱狂するありさまを見ると、なるほど、「戦争は人間の心を一種の狂乱状態に変えてしまう」という指摘の正しさを思うばかりである。

新聞の号外で「××艦隊、××の目的で××を出発し、××方面に急行す！」と報道されたように、わが日本海軍は日本の全沿岸を襲撃しようする膨大なアメリカ海軍を迎撃し、返す刀でフィリピン群島およびハワイを占領すべく、大量の大船団を出撃させた。

一方、日本陸軍は数個師団に命令を下し、主要軍港から、怒濤の波もなんのその、太平洋を横断して北米大陸目指して、護衛船に厳重に守られた輸送船を放ったのである。

日本国民は熱狂して、バンザイ！　バンザイ！　と叫んだ、叫び尽くした！　その大声は日本中に万雷のごとく、天も裂け地軸も揺らぐがごとく、響き渡ったのである。

ああ、日米戦争！　日米戦争！！！

ほとんど百年前、すなわちペリーの来航以来予想されていた運命の必然である日米戦争は、このように実現し、日米両国はその国力の全てを投じて、戦場にてあいまみえ、砲火を交え、勝敗を決せんとしたのである。

なぜ日米戦争は勃発したか

日米が開戦したというニュースは世界中を驚かせたが、これはまったく予期できないことではなかった。日本が日清戦争、日露戦争と勝利して国力がますます増大し、世界列強の一員となったころから、移民問題、対シナ問題などをめぐって、日米両国の利害は衝突していた。そして、どちらかの国がその国是を変更しない限り、日米直接対決は時間の問題であり、日米両国民もそれを覚悟していた。そして、両国間にいざこざが起こるたびに、いよいよ戦争かとの思いを強くしていたのである。

これは国際政治の専門家も同じ見立てで、時期はともかく近い将来、日米両国は必ずや軍事的に衝突せざるを得ないであろうと考えていた。

ところが、第一次世界大戦によってドイツの侵略主義が連合国に敗れ、世界は国際連盟のもとに軍縮を行うという新しい世界秩序が出現した。国際連盟加盟国間の紛争は連盟によって平和的に解決することになり、各国の自由勝手な武力行使は禁止された。そして日米両国も国際連盟に加盟した結果、長らく心配されていた日米衝突の危険性は完全に消え失せたかのように思われた。

実際、日米両国が、国際連盟の根本精神通り、どこまでも平和的であり紳士的であり文明的であり親善的であり、共存共立的であったならば、日米の衝突、日米開戦は永久にならなかったであろう。

しかしながら、第一次世界大戦当時、盛んに平和主義を唱え、自由平等の世界的デモクラシーを宣伝し、国際連盟の成立を叫んだ張本人のアメリカは、だんだんと非デモクラシー的となり、非平和的となり、非紳士的となり、非文明的となり、その挙げ句に、日本に対してある重大なる圧迫を加えるようになった。

その圧迫とは、資本による侵略であり、経済的に日本を呑み込もうという企みであり、排日主義である。

アメリカという国家の成立の歴史から見て、またその後の主張行動から見て、とくに国際連盟の主唱者であったという事実から見て、アメリカはどこまでも平和主義であり文明尊重主義であり、自由平等共存共立を目的とするデモクラシーの国であり、正義・人道主義の国であると、日本人は素朴に信じていた。

しかし、識者の一部には懐疑的な者もいた。その人たちはこう言った。

「平和主義だのデモクラシーだの、そんなものはアメリカの本音ではない。アメリカは真正の正義・人道主義を奉じるものではない。その言っていることと腹のドン底とは多大の相違があるどころか全然違っている。アメリカは敵を作り出さずにはいられない国で、デモクラシーの宣伝、正義・人道主義を看板として世界の国々をあざむき、その実、アメリカ一流の資本による侵略、経済的支配をもって世界を思うように操り、新興国・日本の鼻の先をへし折るか、抑え込んでアジア大陸の経済的利権を手に入れて、世界の資本的盟主、経済的専制君主となることを目的としているのだ。これはかつてのドイツ軍国主義以上に危険なものである」

このように、アメリカを過信するな、平和主義・正義・人道主義などという仮面をかぶった無様《ぶざま》なヒョットコ踊りに騙されるな、ずる賢いアメ公どもに騙されるなと、国民を戒めたものだった。

果たせるかな、アメリカは国際連盟成立後三年を経ずして徐々に好戦的性格という正体を現してきた。かつて日本の一部の識者が喝破したとおり、世界に冠たる資本力をひっさげて、経済的にアジアを侵略しはじめたのである。

日本に対しても世界に対しても日米親善を声明しながら、陰に回れば親善どころか盛んに日本を悪罵中傷し、

「日本はドイツ以上の侵略的軍国主義である。日本の国民は、その過去数百年間の歴史が明示しているように好戦好血の国民である。日本の対シナ政策は侵略政策であり、併合を最終目的とする、猛獣が羊や兎に対するがごとき政策である。日本はシナ併合の目的を達するためにあらゆる手段をとっている。

見よ、日本がパリの講和会議に人種差別撤廃を主張したのは何のためであったかを。南洋における旧ドイツ領ミクロネシア群島を国際委任統治より除外して、日本領土に併合することを主張したのは何のためであったかを。またオーストラリアに、またアメリカに向かって無制限に移民を送らんとする裏面の目的が果たして何であるかを。

また、南満州の租借期限を無制限に延長しつつあるのは果たして何のためであるかを。その他日本の対外政策の一切が、果たして何を意味し何を語り何を目的とするものであるかを。

これらすべては、日本が飽くなき侵略欲をむき出しにしていることを意味しているではないか。日本がアメリカやオーストラリアに向かって盛んに無制限の移民政策を採らんとしているのは、将来、アメリカ、オーストラリア、日本の間に事の起こった場合、内部から攪乱させるためである。南満州や内蒙古の租借年限の延長を重ねているのは、ある機会に乗じて併合し、それによってシナ全土を支配せんとするにほかならないのである。ミクロネシア群島をその支配下に収めたのはオーストラリアとアメリカに対する威嚇であり、侵略に利用するためである」

などと中傷し、世界における日本への同情を失わせ信用を失墜させようと、あらゆる陰険にして悪辣なる手段方法によって宣伝しはじめた。

オーストラリアも日本の発展を不快に思うのはアメリカと同様で、日本人の移民を排斥することもまたアメリカと同様であり、日本に対する利害関係もほとんどアメリカと軌を一にしていた。

このため、アメリカに追従して盛んに日本を、「ドイツ以上の危険国だ、野望を持った国だ」と非難し、ミクロネシア群島の統治権を取り上げてオーストラリアに移さなければ、将来世界の平和を破る禍根になるとか、日本はミクロネシア群島に軍事上の施設を隠し持っているとか、世界各国が日本の国情に疎《うと》いのをいいことに、根も葉もないことを吹聴した。そしてアメリカ、オーストラリアは共謀し、在米・在豪のシナ人を煽動し、排日運動を援助し、シナ内地におけるアメリカ人にも同様の活動をさせた。

日本の真意を理解せず、どこまでも日本を侵略主義だと誤解しているシナ国民はたちまち米豪両国の煽動に乗り、猛烈なる排日運動を起こした。そして米豪を援助者として満蒙の利権を奪還せよ、租借契約をただちに破棄せよなどと叫び、世論は反日で高まり、事態は極めて深刻となった。

米豪両国は一方においてシナ人を煽動しながら、他方においては朝鮮人をそそのかして独立運動を煽動した。朝鮮人の知識分子は、シナ人同様、たちまちアメリカの煽動に乗った。そして、

「朝鮮が日本に併合されたのは、力なき帝王を戴いていたからである。アメリカのごとくフランスその他のごとく、民主共和制ならば立派に独立しうる。朝鮮民族は政治的に能力

が低いとか、ましてや無能ではない、二千万の朝鮮人が祖国を朝鮮民族自らの手に戻し、朝鮮民族自らの手によって国家を組織し、平和自由平等の幸福を得ることができるか否かは、朝鮮民族全体が覚醒するかどうかにかかっている。二千万の朝鮮民族同胞よ、覚めよ！　醒めよ！　われら固有の国土と利益とは強欲飽くなき日本のほしいままにされ、吸収されているではないか！　民族自決は自然のことわりである。政治的低能ではない、実力ある民族が、他民族に支配され、利益と幸福を奪われ、奴隷的境遇に甘んじることは、民族の恥辱であり滅亡であり、自然のことわりに反した不自然である！」

などと激越な口調で非知識階級を煽動しはじめた。

アメリカは例のごとく、宣教師などによる貧民救済を名目として、秘密裡に、盛んにカネをばら撒いて民衆を懐柔し、一方で独立運動者の団体に対しては巨万の運動費を密かに供給した。またシナ人も相憐れむというわけで朝鮮人を教唆《きょうさ》煽動し、相呼応して日本に反抗し、日本の支配権下より脱しようではないかという調子で、暗中活躍している。

一九一九年すなわち大正八年における三・一独立運動事件以来、朝鮮統治方針の根本的改善を行った日本政府は、その後着々として朝鮮人本位の政治を行い、ほとんど内地人同様の待遇をしていたので、朝鮮が反旗を翻すようなことは絶対にあるまいと安心しきっていた。

ところがその直後、再び猛然として独立運動が起こり、今度はより根強い、より大規模な運動だったので、これを鎮《しず》めるには非常な苦心を余儀なくされた。

アメリカはそのどさくさに乗じてシナに政治借款、経済借款を試み、日本の利権を無視した借款契約を締結し、シナを資本的保護国とし、その無尽蔵の富を独占し、日本の発展を阻止し、孤立の地位に陥れて手も足も出ないようにしようともくろみ、あらゆる陰謀画策をたくらんだ。

そしてまた、英仏の諸国を動かして日本に対する信用と同情とを撤回させようと努め、ロシアに対しても日本の対シベリア野心を吹聴して対日反感を煽り、シベリア方面から日本を威嚇させようとした。

形勢がこのようになっては、いくらのんきな日本といえどものんびりとしてはいられない。自衛上それに対抗するだけの有効な手段方法をとらなければならない。

ここにおいて日本の新聞は一斉に筆を揃えて米豪、ことに首謀者であるアメリカの態度・行動を攻撃し、アメリカの態度は公然と日本を挑発しており、アメリカこそ文明に対する野蛮人であり平和の敵であり、国際連盟の主旨・目的を無視した侵略主義行動であると、一々の事実を指摘して公平なる世界の批判に訴える態度を取った。

政治家たちは、政党・党派の別なく一致団結、この重大なアメリカの対日挑発の態度言動に対応することを申し合わせ、必死になって活動を開始し、各国駐在の官僚を活躍させるのはもちろん、特使を緊急に派遣してアメリカの陰謀を指摘し、日本に対する同情と信用とを維持するのはもとより、これまで以上の同情と信用とを得ることに最善の努力を尽くした。

そうこうするうちにもシナの排日、朝鮮の独立運動は刻一刻と危険となり、もはや通常の手段ではこの難関を切り抜けることは到底不可能という形勢となった。

日本政府はイギリス、フランス、ベルギー、イタリアをはじめ、連盟加盟諸国に対して、国際連盟にもとづく仲裁裁判所の命令によってただちにアメリカの不法行為を制止するように要請した。

連盟加盟諸国の態度

ところが、イギリス、フランス、ベルギー、イタリアその他の加盟諸国は、はじめは日本の要請に応じようという好意的な態度を容易には示さなかった。

「連盟の調査委員による事実調査を行った上でなくては、仲裁裁判所の命令をもってアメリカに制裁を加えることはできない。というのも日本が主張するように、本当にアメリカが不法行為を行っているかは不明だからである」

という言い分であった。

日本からすれば、ずいぶんと悠長な話である。アメリカの行動が不法、正義に反することは事実そのものが明確に立証している。それにもかかわらず「委員による調査を」などと言うのは人を馬鹿にした態度で、そんな悠長なことを待っていたのでは、日本はアメリカの陰謀のために致命的損害をこうむることになる。実に歯がゆさの極みである。

もっとも、加盟国の中でも、ベルギー、イタリア、ドイツのように、日本の主張を理解し、好意を持っていた諸国はアメリカの態度を非難し、日本の要求を受け入れてただちにアメリカに制裁を加えることを主張したのだが、なにしろ大国であるイギリス、フランス両国が首をタテに振らないため、結局、調査員を派遣して調査に当たらせることに決定した。

むろん、この間にアメリカ、オーストラリアの委員が必死になって舞台裏で暗躍していたことは言うまでもない。

加盟諸国の態度、一変する

こうしてアメリカの陰謀は着々と功を奏し、アメリカ、オーストラリア、シナにおける排日運動はますます猛烈となり、その勢いはますます激しく、一方、朝鮮半島での独立反乱運動も加熱していた。今や日本は、朝鮮の独立を承認してシナにおける一切の利権を放棄し、海外発展を断念して、この日本列島に閉じ込められたまま滅亡を待つか、それとも一念発起して決然とアメリカに宣戦布告し、自力でアメリカを討《う》って将来の安全を確保するか、どちらか一つを選ぶしかない最大の危機に直面した。

日本国民は悲憤慷慨し、政治家はもちろん各マスコミまでもが、

「日本は今や独力自力でこの危機を乗り越えなければならない。国際連盟だの仲裁裁判所など、あてにならない。そんなものをあてにしていたら、日本は滅亡してしまう。こうなったら予告などしている隙《ひま》はない、背に腹は代えられない、ただちに連盟を脱退して自由行動を取れ、ただちにアメリカに宣戦しろ。世界第一の富裕国とはいえ、たかがアメ公だ、一挙にやっつけてしまえ」

と主張するようになった。

一般国民もこれに賛同して、連盟脱退、自由行動、対米宣戦を叫び、その声は熱狂し、

そうこうする間にも内外の危機は一段と切迫してゆき、もはや日本は連盟脱退、自由行動を断行する以外に生き延びる道はないという世論が圧倒的となった。

この時に駐イギリス、駐フランス大使より電報が飛び込んできたのだが、そこには「イギリス、フランスの態度が一変した」と書かれていた。

果たして真か偽か、誤報か、誤解か？　国民の注目はこの電文に集まったが、果たして、この電文は偽でも誤報でも誤解でもなく、真実であり、事実であった。

イギリス、フランスは最初、アメリカを信じ、日本の野心を疑っていたのだが、その後のアメリカの態度行動は明らかに国際連盟の主旨・目的に反するものであることがさまざまな事実から確認されたのである。そして連盟委員最高会議の結果、仲裁裁判所の命令によってアメリカに対し、その行動を抑止することになったのだが、この時、ロシアとドイツによる尽力が非常に大きかった。

ロシア、ドイツはもともと、アメリカに対してあまり好意を持っていなかった。

ドイツが第一次世界大戦で敗北したのは、アメリカが対ドイツ戦に参戦・援助したためである。あの時、アメリカさえ中立を維持していたら、ドイツが負けるなどということはありえなかった。そして戦後、ドイツの手をもぎ足をちぎり、困窮のどん底に叩き込んで無力な弱小国におとしめたのはイギリスでもフランスでもなく、アメリカだという認識があったのである。

一方、ロシアは、

「ロシア革命以来、アメリカはロシアを援助すると言いながら、少しも援助をしない。それどころか、表面上は好意的にしておきながらその実、シベリアの資源開発利権を手に入れようと暗躍するなど実にけしからん。アメリカは正義・人道主義、デモクラシーを看板に掲げつつ、その実、資本による侵略を試みようとする帝国主義国家だ」

と、アメリカに対して強い反感を抱いていたので、ロシア、ドイツ両国が日本を援助してアメリカに一泡吹かせようと協力し、イギリス、フランスに対してアメリカの横暴を指摘し、日本の要求を受け入れてただちにアメリカをけん制しなければ、ロシア、ドイツ両国は日本と行動を共にして、連盟を脱退するであろうと公式に通告した。

ロシア、ドイツのこの強硬な主張には、イギリス、フランス両政府も、大いに考えるべきところがあった。

ロシアは革命以来、過激派の活動によって長い間騒乱状態が続いたが、レーニン、トロツキーらの死後はその過激派も没落し、今では穏健派によって統一され、共和国として順調に進み、国力もかつての帝政ロシア時代とは比べ物にならないくらい増している。

またドイツも五十数年間に亘《わた》る戦勝国への賠償金支払いのために苦しんだが、国民の必死の努力は戦争の傷痕を着々と癒やし、今やホーエンツォレルン家時代とほぼ同じくらいの国力に回復し、その実力はイギリス、フランスと肩を並べるほどである。

こうした情勢にあって、今、ロシアとドイツが日本に味方して連盟を脱退すれば、もはや国際連盟は有名無実で、実質的に、瓦解と同じである。しかもそうなれば、日本、ドイツ、ロシアの三国同盟となるであろうし、これまでイギリス、フランスに不満を持っていたイタリアまでもがこの同盟に加わる可能性すらある。

そうなると、世界は再び勢力の対抗となる。つまり、アメリカ、イギリス、フランスを中心とする勢力と、日本、ロシア、ドイツ、イタリアを中心とする勢力、この二つの大勢力の対立となり、世界の平和は破壊されるであろう。これは一九世紀末から二〇世紀にかけての世界情勢、すなわち、イギリス、フランス、ロシアの三国同盟と、ドイツ、オーストリア、イタリア、そして中部ヨーロッパ諸国の同盟国が対立した時代よりも、はるかに危険な状態に陥ることを意味している。

かつて、日英同盟があった時代、日本は英国と連携してロシアをけん制していたので、イギリスにとっては大いに助かっていたのだが、日本がロシア、ドイツと連携することになれば、イギリスとしては片腕をもぎ取られたも同然で、フランスとの協力だけでは到底太刀打ちできない。アメリカなどは、カネだけは持っているが、イザとなった時に同盟国だった頃の日本のように頼りにすることができないのは明らかである。

イギリス、フランス両国政府は以上のように考えて、意固地になってアメリカを支持するのは結局、国際連盟を瓦解させてしまうことになる、という結論に至った。そのため、急に態度を一変させ、アメリカの不当性を認め、国際仲裁裁判所の命令によってアメリカをけん制することになったのである。

アメリカ、国際連盟を無視

ところがアメリカは国際連盟最高委員会の決定に従わず、仲裁裁判所の命令は日本の野心を助長するような不当な命令であるとして、こんな決議を下すような国際連盟に加盟していることはまっぴらだと息巻き、この命令を拒絶して応じなかった。

オーストラリア政府もまたアメリカに加勢し、国際連盟の決議は不当である、仲裁裁判所の命令は日本による侵略・併合政策を認め、アメリカの掲げる正義・人道主義を無視し、抹殺しようとする言語道断の命令だとして非難し、だからアメリカが拒絶するのは正当にして当然であるとした。オーストラリア国民もこれに賛同し、こうしてアメリカ、オーストラリア両国は協力して連盟決議に反対し、「こんなようでは国際連盟を脱退するぞ」と脅すのであった。

こうして、世界はこの日米問題のために混乱に陥り、アメリカ、オーストラリア側に与《くみ》する一派と日本側に与する一派とに二分され、議論は紛糾し、行き詰まり、もはや両派ともに妥協の余地のないところまできてしまった。

メキシコなどは、もともとアメリカの偽善的な正義・人道主義を憎んでいたので、水面下で密かに日本に対して「早く開戦するように、もしも開戦したら、メキシコは全力で日本を応援する」と申し出てきた。また、パナマ共和国も同様の申し出をし、ブラジルに至っては日本に同情し、

「傲慢なアメリカを討つべし！　われわれブラジル国民は日本のためにあらゆる援助を惜しまない」

と意気軒昂で、ロシア、ドイツ、イタリアもまたアメリカの横暴を憎み、アメリカの頭上に痛恨の一撃を加えることこそが最も必要かつ適切であると論じた。

一方、シナおよび朝鮮の反乱暴徒はアメリカ、オーストラリアに加担し、日本および日本に味方する諸国の態度を非難した。こういったありさまだったので、到底、平和的手段では問題の解決はできなくなった。

この時、国際連盟理事会は、多数決の結果、多少変則的だったのだが、まず日本にはアメリカに対して自由行動を取って良いと許可を出し、国際連盟加盟各国は外交的・経済的に日本を支援することを決定し、その旨を日本に伝えた。

以上が、日米開戦に至る過程であった。

日比谷公園における国民大会

こうしていよいよ宣戦が布告されると、軍隊には出動命令が下されたのだが、いざ軍事行動開始となると、全国至るところで国民大会が開かれた。もちろん開戦以前にもアメリカの不法・非道行為を非難する大会は開かれていたのだが、開戦してからの国民大会はより一層重大な意味を持っていたので、その熱狂も、かつてないほど高いものとなった。

特に帝都・日比谷公園における国民大会は未曾有の規模で、集まった群衆はゆうに百万人を超え、しかもこれが毎日開かれたのである。早朝から夜半に至るまで、憂国の志士たちが熱弁を振るい、群衆は熱心に聴き入った。警視庁も総出、不眠不休で警戒にあたり、赤十字社は急病人の手当てに追われた。愛国婦人会によって制作された対米宣戦記念章を配付する集団もあり、出征軍人家族の慰謝に奔走する集団もあった。

こうした中で、これまでの戦時と大いに異なっていたのは、一つには華族全体で組織された華族団の活動と、大会の壇上に弁士として、一般の肉体労働者たちまでもが登壇して熱弁を振るったことである。また一つは、全国の市町村民が自発的に出征軍人家族の保護ならびに、戦死者遺族に対してはその階級を問わず、殉国の功労を表彰するべく各一万円を贈り、将来の生活を保障しようと決議したことである。

そして何よりも、もっとも重大な違いは、日比谷国民大会に見られたように、各皇族殿下をはじめ各大臣の出席もあったことである。総理大臣に至っては、大阪、京都、神戸、横浜、名古屋など代表的都市における大会に出席したため、全国各地の国民大会も大いに盛り上がった。このようなことは有史以来初めてのことで、国民の意気は天に達し地軸をも揺るがすほどであった。

また、代表的な富豪たちは団体を組織して、その組織が軍費の一切を負担することを申し出た。また、出征軍人遺族救済費として各人が一億円を寄付した。その他の富裕層もこれに準じてそれぞれ寄付金を申し出るということになり、こうして、わが日本国家は真に完全なる挙国一致体制を確立したのである。

日米の砲火、太平洋上に轟く

さて、一撃にしてアメリカの大海軍を葬《ほうむ》るべく本国を離れたわが日本海軍第一艦隊の主力は、急行して無抵抗状態のウェーク島を占領したが、しかしこれではアメリカ海軍に致命傷を与えるにはまだ足りない。そのためには、どうしてもハワイを占領しなければならない。もし日本がハワイを占領できなければ大いに不利となるし、それはアメリカも同様で、日本がハワイを占領してしまえばアメリカは大いに不利となる。つまり、ハワイ占領は日米戦争の大勢を左右し、決定づけるものなのである。

このため、わが艦隊は占領のために一部部隊をウェーク島に残し、主力は直路、全速力でハワイに向かった。ところが、アメリカ艦隊もまたハワイを日本の手に渡してなるものかと、高速艦で組織した一艦隊をハワイに急行させ、先手を打ったのである。

日本からハワイまでは約六千三百キロ、アメリカ・サンフランシスコからハワイまでは三千九百キロほどで、およそ二千四百キロほどの差がある。ということは、日米両艦隊が

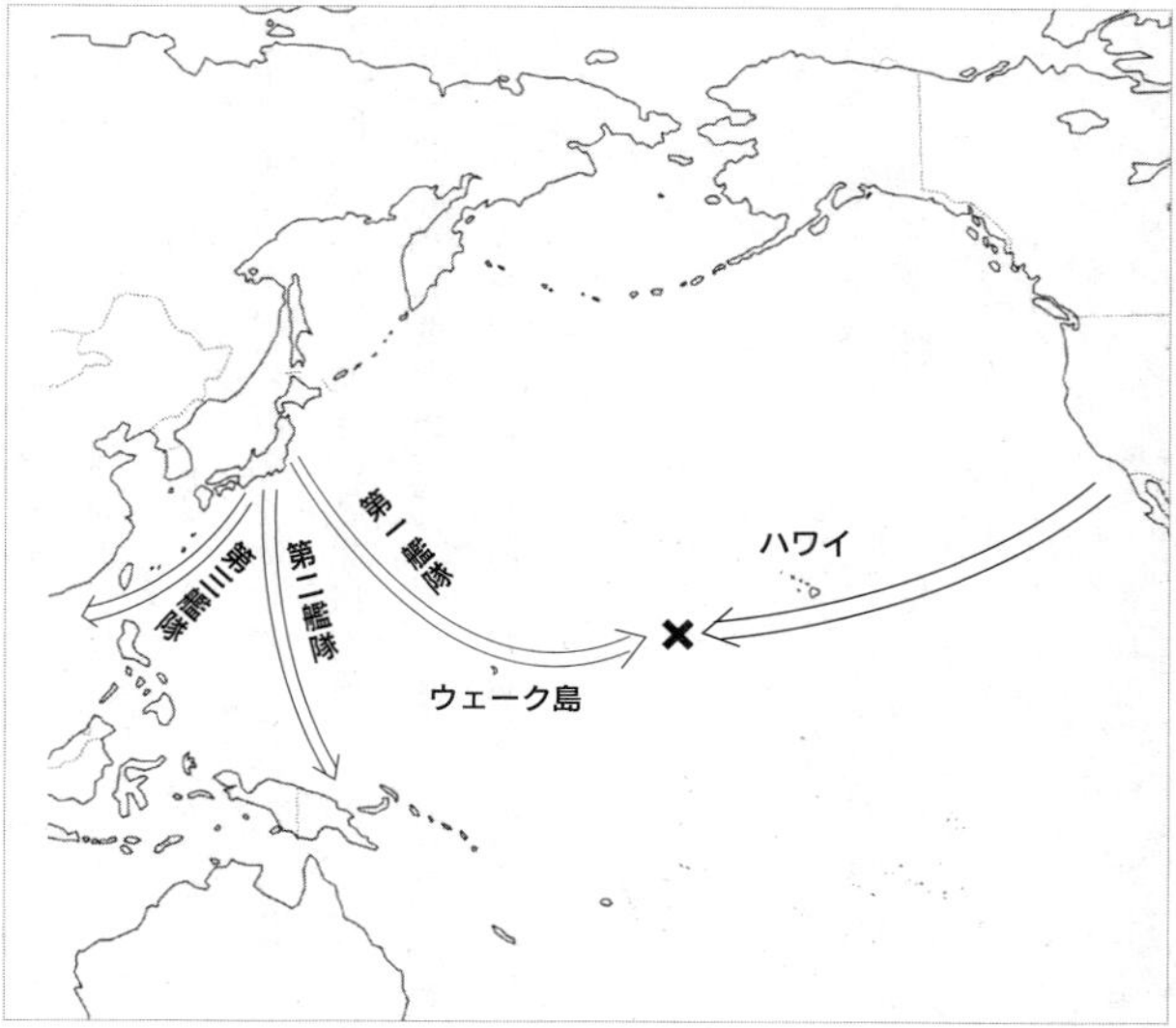

同時に本国を出発し、同じ航行速度だとすると、日本がアメリカより先にハワイを占領することは不可能である。

果たして、日本艦隊がウェーク島付近を航行しつつある時に、すでにアメリカ艦隊はハワイに到着し、日本艦隊迎撃の準備はすべて整っていた。

こうして宣戦布告から数日も経たないうちに、日本艦隊とアメリカ艦隊とはウェーク島とハワイの間の洋上で激突し、わが日本艦隊から一発目の巨弾が発射されると日米戦争の幕は切って落とされた。猛烈な巨弾の応酬、そして両軍の駆逐艦、水雷艇、潜水艦の活躍によって迷惑をこうむったのは海中の魚たちで、彼らは一体何事が起こったのかと大恐慌に陥ったのはあわれなことであった。

さて、この大海戦の結果はどちらの勝利に終わったのであろうか。また、グアム島占領、オーストラリアけん制のために南洋に急行した第二艦隊の行動、はたまた、フィリピン占領に向かった第三艦隊の戦果はどうなったであろうか。つまるところ、日米戦争は、日米いずれの勝利に終わるのであろうか。そして、国際連盟の加盟諸国、オーストラリア、シナはどのような行動をとったのであろうか。

第二章　その時、アメリカでは…

在米日本人三十万人余が拘禁される

太平洋上での日米両艦隊の衝突の前に、在米日本人三十万人余の運命について見てみよう。

日本政府は、アメリカとの国交断絶の時が迫ると、駐米大使・各領事に対し、在米日本人をメキシコへ引き揚げさせよという訓令を送った。これは戦略上の必要もあったが、それ以上にアメリカとメキシコの関係に着目したからであった。アメリカは長年、モンロー主義を掲げてメキシコに対して積極的に干渉していたが、メキシコはこれに憤懣を覚えていた。そのため密かに日本に好意を抱き、在米日本人をメキシコに避難させてはいかがかと話を持ち込んできたのである。

しかし実を言うと、このメキシコの好意は日本にとっては意外なものであった。もともとメキシコはアメリカに対抗するために、密かに日本と同盟を結ぶことを懇願していたのだったが、日本のほうはアメリカに気兼ねして、メキシコの申し出をすげなく断り続けていた。このため、近頃はメキシコの日本に対する情熱も冷めてきており、かつて第一次世界大戦前後に見られた熱狂的な日本びいきは、見る影もなくなっていたのだ。

一方、アメリカは、「国交断絶に先立って非戦闘員の引き揚げを命じるとはけしからん、これは明らかに日本による挑発だ」と自分勝手な理屈をこねて、在米外国人の財産調査などといういい加減な名目をつけて、突然、在米日本人の出国を禁止してしまった。日本に同情的なドイツ、ロシア、メキシコ、イタリア、ブラジルなどの各国は、これはむしろアメリカによる挑発的態度だとして、頼まれたわけでもないのに日本のために、外国人出国禁止命令を撤回するようにアメリカへ申し入れた。だがアメリカは相変わらず「外国人の財産調査」の一点張りで、頑として応じなかった。

各国大使は激怒した。

「自由と正義を標榜するアメリカが、公然とこのような不正を犯し、しかも恬《てん》として恥じないとは実にけしからん。アメリカの自由や正義は仮面にすぎない。この仮面に隠れて横暴非道を行うとは、これは文明の敵だ。世界共通の敵だ」

こう憤慨したのだが、正式に日本から頼まれたわけでもなく、それに生命財産に危害を加えたというわけでもないので、とりあえずはアメリカの行動を監視し、事と次第によっては各国政府が直接、暴虐なるアメリカをやっつけよう、ということになり、当面は拘禁された日本人の生命を保護するために最善の手を尽くそうと申し合わせた。

ここで、イギリス、フランス両国の大使が奇怪な動きを見せた。彼らはアメリカ非難のために集まった各国大使の会議を、病気と称して欠席したのである。実際には彼らは病気などにはなっておらず、イギリス大使は密かにフランス大使館へ駆けつけ、夜のふけるまで両国大使は何やらはかりごとをめぐらしていたのである。

ドイツ大使が会議の結果を知らせに来た時にも、両国大使はいい顔をしなかった。そして「余計なことをするな」と言わんばかりの口ぶりで応じたのである。イギリス、フランスが日本に好意を持っていないどころか、アメリカを支持する意向であることは明らかである。

英仏二国がこのような態度を取ったのは、ひとつには日本人に対する人種的反感、もうひとつには第一次世界大戦後に日本が国力を飛躍的に増進させたことへの嫉妬があった。さらに、日米戦争で日本が勝利すれば、大変なことになるという心配を抱えていた。日本は世界の支配権を握ろうとするだろうし、そうなれば、英仏のアジアにおける政治経済的利権は非常な危険に陥る。日本は必ずシナを併合し、インド三億の民衆を煽動して独立運動を起こさせるにちがいない、さらに、ドイツ、ロシアと同盟を組んで国際連盟を破壊し、日本が世界の盟主となって、ヨーロッパはドイツ、ロシアに支配させ、メキシコ、ブラジルに南北アメリカを支配させ、日本自らはアジアを直接支配するであろう。そしてその政治はかつて第一次世界大戦前、ドイツ皇帝ヴィルヘルム二世が行おうとした恐怖の専制政治以上のものになるであろう。

むろん、日英同盟もあることはあったが、ロシア革命によってロマノフ王朝は滅亡し、ドイツは第一次世界大戦で敗北してホーエンツォレルン家も転覆し、こうして世界情勢も大きく変わって数十年が経過していたので、日本とイギリスの関係ももはや冷え込んで、かつてのように情熱的なものではなくなっていた。いやむしろ、シナでの利権をめぐって、イギリスは日本を嫉妬し、反感すら抱いていた。

こうして日米の衝突は世界各国を巻き込んでゆき、戦争の空気が全世界を覆おうとしていた。

そんな中、アメリカ政府はますます挑発的態度を強め、日本政府から在米日本人にメキシコへの引き揚げが訓令されるとすぐに在米日本人全員を拘禁せよという秘密命令を下し、暴力的に拘禁してしまった。

ドイツ人一青年の大活躍

このアメリカの狂暴ぶりは日本人を激怒させただけでなく、日本に好意を持つ世界の各国をも緊張させた。このアメリカの暴挙が日米開戦の時期を早めて急転し、国交断絶、宣戦布告、陸海軍の出撃となったのだが、ひとたび交戦状態に入ると、アメリカはそれまでの正義漢ぶった外面《そとづら》をかなぐり捨て、その残虐非道な正体を明らかにし、政府が主導して人道に対する戦慄すべき犯罪計画を立てるに至った。すなわち、拘禁した在米日本人全員の大虐殺である。

虐殺！　大虐殺！

しかも非戦闘員である無辜《むこ》の民三十万人余りを一挙に殺戮しようという暴虐である！

建国以来、世界に正義・人道・自由・平等を標榜してきたアメリカが、その政府が中心となってこのような悪逆非道に手を染めようというのである！

なんという偽善！　なんという狂暴！　なんという残虐！

かつてドイツの暴挙を非難して、「ドイツは文明の破壊者、ドイツは人類の敵だ」などと絶叫して、寸毫《すんごう》の仮借もなく、神の意思を代行するのだと言っていたアメリカが、その舌の根も乾かぬうちに旧ドイツ以上の暴虐無比の鬼畜の所業に手を染めようとしているのである。

さらにアメリカ政府内部では秘密会議で次のように議論していた。

「たとえ戦後、賠償金を支払うことになったとしても、一人あたり五万ドルとして、三十万人分で百五十億ドルだ。これは敗戦の損失に比べればゴミのような金額だ。非常時には非情な手段が必要だ。われわれアメリカ政府は、アメリカの領土と富と国民すべてを守るためには、必要な手段はすべてとるべきであり、それが正義であるかどうかなどと考慮する必要はない。なにしろ、国家を防衛し、滅亡を防ぐことは、一切の法律、一切の道徳を超越した至上絶対の使命なのだから」

このように冷然と言い放ち、この発言に会議の出席者は誰一人として異議を唱えなかった。これこそ、アメリカの正体が、所詮は黄金万能主義・資本全能主義にすぎないことを明らかに示している。悪事千里を走る。アメリカ政府の秘密会議におけるこの放言はすぐに世界中を駆け巡り、反米熱はいよいよ高まった。

在米日本人虐殺計画の裏には、さらに戦慄すべき計画が潜んでいた。アメリカ陸軍は、

実際に日系移民が収容された
モハベ砂漠近辺のマンザナー収容所

三十万人の人間を無意味に殺すのはもったいない、丁度、秘密裡に発明された新兵器の威力を試す実験材料にしようと提案したのである。この新兵器こそ、電波を使って操作する空中魚雷である。日本人をカリフォルニア州のモハベ砂漠に集め、そこへ空中魚雷を撃ち込んで一気に殺戮しようという身の毛のよだつような驚愕すべき残虐行為を計画したのである。

モハベの荒野、通称モハベ砂漠というのはまさに地獄そのもの、アメリカ人はこの地名を聞いただけで震え上がるほどである。見渡す限り、山という山はことごとく噴火による死の灰で覆われ、泉という泉は鉱毒に汚染され、その周囲には野獣と人間の白骨が累々と横たわり、見るものすべてに死の影が宿っており、聞くものすべてに死の足音が潜んでいる。まさに、この世の地獄とはモハベ砂漠のことである。

拘禁され、飢えと虐待に苦しむ三十万人余の在米日本人は、今や、名前を聞いただけで失神しかねない恐ろしいこの魔境に、老若男女を問わず牛馬輸送用の貨車に豚のように押し込められて運ばれ、空中魚雷一発のもとに木っ端微塵に粉砕される運命となってしまった。

この恐怖の虐殺計画を日本が探知できたのは、日本のために粉骨砕身、スパイ活動に励んでいたドイツ人の一青年のおかげであった。

このドイツ人青年の父親は第一次世界大戦の時、日本で捕虜生活を送り、日本人の優しさに触れて感激し、帰国後、日本への愛情を広く伝えた人物である。だからこの青年は幼い頃から父親の話を聞いていて、父の燃えるような日本愛は子へと受け継がれ、心に刻み込まれ、その結果熱烈な親日家となったのである。単身アメリカに渡った折、ちょうど日米関係が悪化しつつあるのを見ると、彼は密かに日本の軍事スパイと接触を持った。アメリカ陸軍への卸業者従業員という立場を活かして、暗中飛躍し、アメリカの機密情報を探り、ついにこの重大な非人道的虐殺秘密計画を探知したのである。

日本国民激怒、ワシントン外交団の活躍

アメリカが企む人道に反する驚くべき犯罪計画を聞いて、全日本人は震え上がった。日本政府はただちにワシントンにいる外交団を通じてアメリカ政府へ抗議した。このワシントン外交団もまた驚愕し、ドイツ、ロシアの両駐米大使も日本のためにアメリカ政府へ厳重抗議し、在米日本人の解放、アメリカ出国許可を要請したが、アメリカ政府はそんな計画はないとしらばっくれて、拘禁解除にも出国禁止命令取り消しにも応じなかった。

アメリカ人の本性を正義・人道主義だと心の底から思い込んでいるイギリス人、フランス人の中には、この非人道的虐殺計画を否定する者もいた。そんなものは日本のスパイによる捏造《ねつぞう》だと冷淡に扱う者が多かったのである。

しかし、この日米戦争の二年前、アメリカのある法律学者が調査発表した論文によると、アメリカ建国以来、アメリカ人がリンチして殺した黒人の数は五百万人にも上るということが統計的に明らかになっている。実際、アメリカの労働者らが黒人を排斥迫害し、些細な動機から黒人居住区を襲撃し、数百人、数千人を虐殺した事実や、そうした事件をアメリカの警察も冷たく扱い、ジャーナリズムも黙殺して報道しないということは、アメリカの内情に少しでも通じれば公然の秘密として知らない者はいない。そして労働組合の指導

者層は、こうした事件が多少問題になると、これはただの経済的原因にすぎず、むしろ虐殺された黒人のほうに非があるのであって、自業自得、虐殺した白人労働者にはまったく罪はないなどと言いだすのだった。

こうした事実を見れば、アメリカ人の本性がどんなものかは明らかだ。したがって、アメリカによる在米日本人虐殺計画は捏造だ、デマだなどと否定する者はアメリカ人の仮面に騙されているのであって、この陰謀は絶対に否定することのできない厳然たる事実であった。

イギリス、フランスを除くワシントン駐在の各国大使は、この情報をすぐに本国に報告し、同時に事実の調査を行った。その結果、カリフォルニア州では拘禁した日本人を深夜密かに貨物列車に押し込んでモハベ砂漠へ輸送した事実がわかった。また、空中魚雷発射装置がロサンゼルスへ輸送されたことになっていたが、実際にはロサンゼルスではなくモハベ砂漠に送られていたことも判明した。

こう尻尾をつかまれてはいかにアメリカ政府とはいえ、もはや弁解の余地はない。こうしたところにドイツ、ロシア、イタリア、メキシコ、ブラジルの各国政府は大使の報告により、アメリカの非人道的行為に対し猛抗議した。拘禁した日本人全員を即時解放せよ、さもなくば正義と人道のためにわれわれも自由行動を取るがどうだ、と威嚇的な通牒を発した。

これに対しアメリカは、第一次世界大戦の時、交戦国相互で非戦闘員を拘留した先例を楯にとり、イギリス、フランスを味方に引き込んで、あくまで日本人を解放しないという態度を変えなかった。

英仏両国は反日・親米的態度を露骨には表明しないものの、日米の対立については何も調停しようとはせず、傍観に徹し、その実、暗にアメリカを支持するような行動すら見せたぐらいである。アメリカの言うとおり、敵国人を抑留するのは確かに第一次世界大戦時に先例があるのだから、アメリカが在米日本人を拘留するのはなんら非人道的行為ではない、部外者がこの問題に嘴《くちばし》を挟むのは先例を無視するものであると、アメリカを支持したのである。それどころか、第一次世界大戦の時、言語道断の非人道的行為をしたのはドイツではないかとほのめかし、それに比べれば在米日本人拘禁など、言うに足らない、些細なことだとまで言いだした。

しかしドイツ、ロシア、イタリア、メキシコ、ブラジル各国は、断固としてアメリカの不法不当を非難した。そしてイギリス、フランスがあくまでアメリカを支持するというのならば、われわれにも考えがある、われわれはあくまでも日本を支持し、武力行使も厭わないと息巻いた。

さすがのイギリス、フランスも第一次世界大戦で受けた傷の深さが未だ癒えておらず、その戦災の記憶もまだ生々しかったので、参戦してまでアメリカを支持しようという勇気まではなかった。そこで結局、両国は沈黙し、アメリカは諸国の抗議に屈服し、拘禁した日本人三十万人余をすべて解放した。

こうして、モハベの死の荒野で虐殺されようとしていた三十万人余の日本人は、危機一髪で命を救われたのである。

米国民の熱狂

日米の開戦に熱狂したのは、日本国民だけではなかった。二億人を超えるアメリカ国民もまた、日本に負けず劣らず、大熱狂したのである。

アメリカ議会は緊急招集を行い、一千億ドルの戦費支出を可決した。大統領は議会で大演説を行った。

「諸君、極東の一角から世界支配を狙い、われらが祖国アメリカの富と領土を奪わんと虎視眈々と狙い、長年の間アメリカに対し挑発的態度を続けてきた日本を、地球の表面から跡形もなく消し去ることこそ、わがアメリカに課せられた使命である！　われわれは第一次世界大戦においてはドイツの暴走を食い止めたが、今、東洋のドイツにしてドイツよりも凶悪なる日本を抹殺するのである！　そのためには、われらアメリカ国民の持つすべてを懸けて戦わなければならない！　アメリカ人の血が最後の一滴となるまで戦いを続けなければならない！　敵がどんなに強大であれ、どんなに味方を引き連れてこようと、われわれの一切が無になろうとも、戦争を継続し、敵連合軍を無条件降伏させなければならない！

すでに敵には味方が現れており、その連合軍の連中はアメリカの、公明正大なる行動をけん制し、暗にアメリカに無条件降伏をほのめかし、われらアメリカの文明的主義主張に屈服を迫っている！

アメリカは今や、第一次世界大戦時のドイツのような境遇へ追い込まれている。アメリカ国民よ、今や、アメリカとアメリカ国民である諸君とが、興亡の分かれ目に立たされているのだ、諸君、今こそ奮い立って祖国を守るのだ！」

このように数時間にわたる大演説を行うと、議会は熱狂的に大統領の演説を歓迎し、その拍手喝采は壮麗雄大なるワシントンの議事堂を揺るがした。議事堂の前には星条旗を手にしたアメリカ市民が数十万人も集い、アメリカ万歳を叫んだ。大統領はバルコニーにその勇姿を現し、そこでまた熱烈な演説を行った。群衆は大統領の演説で熱に浮かされたようになり、その熱気はいよいよ高まり、国旗を振る者投げる者、帽子を振る者投げる者、はたまた上着を放りステッキまで放り、その歓呼狂声拍手喝采ぶりはとどまるところを知らなかった。人々が押し寄せる様子は雲霞《うんか》のごとく、二重三重にホワイトハウスを取り囲み、ワシントンは熱狂と絶叫の嵐に包まれたのである。このような盛り上がり方はアメリカ建国以来のことであった。

ワシントンでこのありさまだったのだが、他の大都市、ニューヨーク、サンフランシスコ、シカゴなどでも市民の熱狂は前代未聞であった。特に、毎年毎年日本人排斥運動にいそしんできたカリフォルニア州などでは、ありとあらゆる場所で、「アメリカの富と領土を盗もうとするジャップを滅ぼせ、殺せ」と叫ばれて、日本人と間違えられて惨殺されたシナ人も少なくなかった。こうして、カリフォルニアで拘禁されていた日本人の中でも、アメリカ人暴徒によって惨殺された者は数百人に及んだ。カリフォルニア警察は、この暴徒による日本人虐殺を取り締まろうともしなかったのである。

恐るべき新兵器の威力

さて、アメリカはさすがに世界最大の富裕国だけあって、日本との関係が悪化しはじめるとすぐに驚異的スピードで軍備拡大を行っていた。すべての造船所は一斉に商船の建造を中止して戦艦建造に着手し、全米の大工場は軍需品製造工場へと変身を遂げた。四万トン級、五万トン級の大軍艦がわずか半年足らずの期間で完成し、一万トン以下の軍艦ならば二、三カ月ほどで完成してしまうのである。造船技術の進歩は恐るべきもので、百万トンくらいの軍艦でさえ、一年経つか経たないほどで出来上がってしまう。目覚ましいというべきか恐ろしいというべきか、とにかく、日本の技術力と比べれば雲泥の差である。

さらに、一旦宣戦布告がなされると、軍拡には一層拍車がかかり、秘密裡に開発された新兵器がどんどん量産されてゆく。その秘密開発の新兵器の中には誘導魚雷もあるし、例の空中魚雷もあるし、航空機も第一次世界大戦で用いられたものなどオモチャも同然、はるかに性能を高めている。対空攻撃技術も洗練されて今や百発百中、さらに機関銃も無人操作、目標への誘導機能を持つようになっているので、兵隊がいなくても敵を完全に制圧できるほどである。

こうした軍事技術の中心にあるのは電波利用である。もはや放たれた弾は一直線に重力の法則に従って飛ぶのではなく、電波を操作する人間によって前後左右を問わず方向転換でき、何百メートル、何キロ先の目標であろうと、寸分たがわぬ正確さで確実に命中させられるのである。空中魚雷はもちろん、従来の海中魚雷もこれと同様であって、アメリカはこの電波利用の新兵器だけで、確実に日本軍を壊滅させることができると、自信満々であった。

この新兵器はアメリカの十カ所の大工場で、十五万人の労働者が夜を日に継いで全力をあげて製造し、一日につき数万個の電波式海中・空中魚雷が箱詰めされて山積みにされ、それがまた日々大陸横断鉄道によって太平洋方面へと輸送された。そして大軍艦だけでなく太平洋沿岸の各要塞にも空中魚雷発射台が据え付けられたのである。

実に、この空中魚雷は第一次世界大戦の時にドイツが使用した長距離射撃砲や四十二センチ砲などとは比べ物にならないほどの圧倒的威力を持っていて、たった一個の魚雷が命中すれば四万トン級だろうが五万トン級だろうが、木っ端微塵に砕け散ってしまうのである。ひとたび空中魚雷が要塞に向けられれば、どんなに堅牢強固な要塞であろうと、一日もしないうちに壊滅する。

とにかく、この空中魚雷に関しては、一旦その射程距離圏内に入ってしまえば、どんな防御法も効かない。二十センチの厚さを持つ鉄板であろうと、空中魚雷にかかれば、あたかも錐《きり》で竹の皮を突くようなものである。しかもその射程距離は驚くべきことに、五百キロに及ぶのである。

アメリカが国際連盟を無視し、日本と開戦しても絶対に勝てると踏んだのは、この新兵器があったからこそである。

ハワイ付近の洋上で激突した日米両国艦隊なのであったが、果たして、この恐るべき新兵器のために、日本国中が震え上がり、驚愕する結果をもたらした。すなわち、日本艦隊全滅！　この一報である。

第三章　全滅！

日本艦隊全滅！

日米戦争の雌雄を決する天王山は、まさにハワイを取れるか否かにかかっていた。ハワイを取るために、太平洋の荒波を越えて進軍したわが日本海軍が、ハワイ近海洋上で全滅したという無線電信が東京の大本営に達した時の、大本営の周章狼狽ぶりは、どんな形容詞を駆使しても表現できないほどであった。

直接の責任者である海軍大臣や海軍軍令部長はその報《しら》せを聞くと同時に青ざめて卒倒した。なにしろ大臣以下、軍の誰一人として日本艦隊全滅など夢にも思っていなかったのである。

もちろん、アメリカ艦隊が日本よりも先にハワイに到達するぐらいのことは想定していた。だが、たとえアメリカ艦隊がハワイに布陣したとしても、実力攻撃でアメリカ軍を駆逐してハワイを占拠できるという盤石な確信はあったのである。

なにしろ、世界に冠たる海軍力を持つ日本なのだ、それが全滅するなど、想定するほうがおかしい。

だから大本営では「日本艦隊大勝利！　アメリカ艦隊全滅！」の報せが来るのを今か今かと待っていたわけである。なにしろ、ハワイ沖海戦は日米戦争を左右する重大海戦である。キリンよりも首を長くして、「アメリカ艦隊全滅！」という痛快無比な報せを待っていた作戦本部が、いざ「日本艦隊全滅！」の報告を受けた時の驚愕震駭《きょうがくしんがい》ぶりは、無理もなかった。

しかし、この電文は本当に正しいのか？　もしも本当に日本艦隊が全滅したのならば、これは日本海軍が大打撃を受けたということであり、日本そのものの危機である。慎重に考えねばならぬ、勝利に興奮した無線電信係が「アメリカ艦隊全滅」と打電すべきところを、誤って「日本艦隊全滅」と打電してしまったのではないか。事実確認が必要だ、ただちに調査を命じなければならない。

だが事実は冷たかった。この「日本艦隊全滅」の電文は、アメリカの空中魚雷によって沈みゆく、まだ電信機能が残っていた軍艦の通信兵による最後の打電であったことがわかった。彼は、泰然自若として本国に「日本艦隊全滅」という事実を、死の直前まで打電し続け、海底へ沈んでその命を終えたのである。

この調査結果は重かった。日本艦隊はアメリカの新兵器・空中魚雷によって全滅させられた、この事実が明らかになったのである。そうなると、海戦どころの騒ぎではない、空中魚雷を擁したアメリカ海軍が日本の喉元へ突き進んでくるということだ。

ハワイ占領作戦は日米戦争の天王山であった。そのために、最精鋭の日本海軍を差し向けたのである。ところがどうだ。それが、アメリカの最新兵器・空中魚雷によって全滅させられてしまった。

ああ、ああ、必勝を期して威風堂々と日本を出発し、数千キロの波濤《はとう》を突き進んだ大日本帝国海軍が、しかも、その実力において世界無比を誇った大日本帝国海軍が、たった一度の交戦で、しかもわずか数時間の戦いで太平洋のゴミと化したとは、なんということであろうか！

こんなことは、世界の海戦史上でも類がない。司令官の無能のためなのか、参謀の無能か、それとも武器の優劣のためなのか。

原因理由の詮索はさておき、事実を見つめると、日本海軍が敗北した以上、今や、われら大日本帝国の喉元まで、アメリカ軍の刃《やいば》は迫っているのである。わが日本に死そのものが刻々と迫っているのである！

日本艦隊全滅の様子

全滅した日本艦隊から送られた最後の電文によると、事態は次のようであった。

日本艦隊はウェーク島付近を全速力をもって航行していたのだが、偵察に出ていた飛行隊から、「アメリカ艦隊はすでにハワイに到着し、戦闘準備はすべて整っている」との連絡が届くと、さすがに司令官以下、いかに勇壮なる日本軍人といえども、一旦は意気消沈せざるをえなかった。

だが、それとても瞬時のことで、勇猛果敢なる司令官以下全軍人は再び奮然といきり立った。一旦は収縮した勇気も空気をあらたに入れられたゴムボールのようにパンパンに膨れ上がり、弾み上がるのであった。

「アメ公どもなど、取るに足らん。世界無比の日本海軍を迎え撃とうなどとは笑止千万、片腹痛い。いざ、生意気な振る舞いに一撃を食らわせて、ヤツらの息の根を止めてくれよう！」

そう、快気炎を上げて、長年の訓練で鍛えあげられた鋼鉄のごとき腕っ節をぴしゃぴしゃと叩き、アメリカ征伐の軍歌を声も高らかに歌い上げたのである。

こうしてアメリカ艦隊との距離は刻々と縮まり、いよいよ会戦の時は近づいていた。偵察飛行隊は間断なく敵の様子を報告し、その都度、戦艦隊の兵士の心は沸き躍り、胸は高鳴り体中に力がみなぎった。

潜水艦隊は予定通り、敵を探索しつつ本艦隊を先駆けること数十キロを縦横に航行し、いざ敵艦や水雷を発見すれば破壊砲によってこれを破壊し、本艦隊が何の危険もなく全速力で航行できるように活躍したのである。

第一次世界大戦前後の潜水艦というものは、この時の潜水艦から比べればはるかに幼稚なもので、その頃と比べれば、今時の潜水艦はその速度も、浮揚・潜水技術、装備している兵器についても格段に進歩していた。なにしろ、浮揚も潜水も思うままで、垂直に潜ったり浮かび上がることさえできるのである。兵器だって、魚雷を発射できるだけでなく、水上に浮遊する機雷を撃ち破る水雷破壊砲もある。また、暗い海中を照らしだすサーチライト、海中から海上へ放つロケット弾、敵艦の位置と距離を正確に測る探知機など、精巧極まる機器が備え付けられており、その艦自体の大きさも、比べ物にならぬほど巨大になっている。

第一次世界大戦後、各国は表面上、永久の平和を口にして、軍備縮小を標榜した。その一方で、裏面では密かに盛んに軍備の拡大、新兵器の発明に苦心し、とくに潜水艦などは世界各国が開発に躍起になっていたのである。

もちろん日本も負けじと、毎年莫大な費用を捻出して優秀な研究者たちに開発に邁進させ、世界最高の潜水艦を建造することを目標として最大の努力を尽くした。その結果、できた上がったものが、今われわれが目にしている世界最優秀の潜水艦なのである。この新式潜水艦さえあれば、アメリカのいかなる大海軍であろうと容易に粉砕撃破できるに決まっていると、日本海軍は心密かに小鼻をうごめかしていたのであった。

日本が密かに自慢していた唯一の新兵器であるこの潜水艦は、実際によく活躍し、敵艦隊の行動を逐一本艦隊に報告していた。こうして、空中、海中の偵察行動により、完全にアメリカ艦隊の動きを把握した本艦隊は、ついに行動に移った。すなわち、司令長官の座する旗艦には戦闘旗がへんぽんと翻り、続いて全艦隊に号令が下されたのである。

「諸君！　皇国の興廃この一戦にあり！　各員一同、一層奮励努力せよ！」

この号令は全艦隊の将卒全員の心身に電流のごとく響き渡り、いよいよその勇気は高まるのであった。

ところが、ところがである。

アメリカ艦隊の行動ははるかに敏速であった！　アメリカ航空偵察隊は刻一刻間断なく日本艦隊の行動を感知しており、日本艦隊がアメリカ艦隊の射程距離に至った時には、迎え撃つ万全の準備が出来上がっていたのである。

戦闘はまず両国の航空隊によって始まったが、主力である本艦隊同士の激突・大海戦は、わが日本艦隊の中心である旗艦から発せられた、その四十六センチ巨砲の大海に轟く一撃によって、その火蓋は切って落とされたのである。

敵味方を問わず、全軍が衝突し、空中、水上、水中を問わず、飛行隊、艦隊、潜水艦らが決死の攻防を繰り広げ、その衝突は数時間に及んだ。

だが、なんと悲しいことであろうか！　最新鋭の軍備を整えたわが日本の主力艦隊も、アメリカが世界無比の新兵器として開発した電波利用空中魚雷の一撃によって、大小問わず、ことごとく破壊撃滅されてしまったのである！

むろん、日本艦隊もむざむざと一方的にやられたわけではない。とくに日本の誇る最新鋭の潜水艦の活躍はめざましく、水雷などはかたっぱしから破壊したし、敵の主力艦隊にも魚雷によって大打撃を与えた。とくに、アメリカが頼みにしていた電波利用の海中魚雷は、この潜水艦隊の活躍によってほとんど無意味となったのである。とはいいながらも、電波利用空中魚雷に対しては、さすがの日本海軍といえども何とすることもできなかった。百発百中、手も足も出なかったのである。

アメリカ艦隊は最初、日本に油断させるために、あえて大砲のみを用いて、空中魚雷を用いなかった。そして日本海軍がアメリカ海軍を甘く見て、図に乗って、接近してきたところで大砲の使用をやめ、突然、空中魚雷を飛ばしたのである。その一発は一〇〇%の精度で命中し、五万トン、六万トン級の日本海軍の大戦艦は次々に木っ端微塵に砕け散り、海の藻屑となっていったのであった。

この悲惨な戦いの中で唯一幸いだったのは潜水艦隊で、海中に潜っていたから射的とならず、空中魚雷によって撃破された艦はなかったのだが、それでも敵潜水艦との戦闘や浮遊している水雷によって沈没したものが十数隻あった。もちろん潜水艦隊の中には無事であったものがいたことは確かだが、潜水艦の命綱は母艦、本艦隊である。それがなければ、潜水艦独自で本国に引き揚げようと思っても、航行に不可欠な燃料の補給もできないのである。すると、戦闘で敗北しなかったとはいえ、海上に浮かぶ日本艦隊が全滅した今、わが日本海軍の誇る最新鋭の潜水艦隊、その運命も明らかであろう。

ああ、ああ、数日前まで世界一の海軍力として、その威容を天下に誇り、極東の海にその勇姿を雄々しく誇ったわが大日本帝国海軍の主力艦隊は、こうしてわずか数時間の戦闘によって、カナヅチに叩かれたせんべいのごとく木っ端微塵に粉砕され、もはや海の上に浮かぶことを許されず、海中深く、千尋《ちひろ》の海底深く、誰ひとり知ることも訪れることもない暗い暗い世界へと沈んでいったのであった。

主力艦全滅後の潜水艦隊のゆくえは、その無線電信発信も不能となったため、もはや誰一人として知ることはできない……。

東京大本営の秘密会議

日本海軍第一艦隊全滅という凶報に接した大本営はただちに秘密会議を開き、対応を協議した。まず、開戦早々のこの大敗北を国民に発表すべきか。

日本国民全員が、日本艦隊が全滅するなど夢にも思っていないのである。必ずアメリカ艦隊を撃破すると信じ込んでいる。そして数日のうちには北米大陸に日章旗が翻るに違いないと期待している。

そんなところへ第一艦隊全滅などと発表しようものなら、国民の高まった戦意はたちまち喪失し、大敗戦に至ってしまうのではないか。だからこの情報は秘密にして大本営で握りつぶし、次の作戦で勝利してから発表してはどうか、こんな議論がなされた。

しかし、アメリカに電波利用空中魚雷という恐ろしい新兵器があって、日本にはこれに対抗しうる武器がない以上、次の作戦で必ず勝てるかどうかは定かではない。もし不幸にして次もまた負けるようなことがあれば、それまでも握りつぶすことはできない。そんな姑息なことをするよりも、すみやかに凶報を発表し、遅まきながらも民間の研究者・発明家・技術者らの協力を求めて、アメリカの新兵器に対抗できる新兵器を開発するほうが良いだろう。結局、事実を握りつぶすことなどできないのだし、吉凶善悪、すべてを国民に明らかにするのが国民政治の本義なのだからという意見が多数を占めた。

こうして同日午後十一時十分、第一艦隊全滅のニュースが国民に発表された。

一億の日本国民、心神喪失す

新聞記者たちは大本営が突然色めき立ち、秘密会議を開いたのを察知して、何か重大なことが起こったのではないか、もしかして出撃した日本艦隊に凶事が降りかかったのではないかと緊張して大本営発表を待っていた。

いよいよ午後十一時十分、配布された文書には第一艦隊全滅との凶報が記されていた。これを手にした新聞記者たちは、まさかと思っていたことが的中し、目前に突きつけられたのでさすがに愕然とし、呆然とし、互いに顔を見合わせた。

新聞記者は自動車を飛ばして本社に駆けつける、すると首を長くして待っていた編集部一同も色を失った。凶報はただちに活版部に回され、三十分と経たないうちに数十万部の号外が印刷された。時を移さずして、号外売りの声は街中、いたるところに響き渡った。

「号外！　号外！　日本艦隊全滅!!」

号外に待ち焦がれていた一般市民は、この声を聞くと、あたかも雷に打たれたかのように慄然としておののいた。

なにしろ、ただの戦争ではない。このたびの戦争は日露戦争や第一次世界大戦の比ではない。国民の熱狂ぶりは凄まじく、号外の売れ行きも尋常ではないから、号外の売り子は二人一組になり、一人は自動車を運転し、一人は身を乗り出して号外と叫び、市中を走り回る。そして一時間と経たないうちに数万部が売れてしまう。東京都だけでも数十の大新聞が各数十組の売り子を送り出しているのだから、どれほど売れているかは想像がつくだろう。東京だけでもこれほどの勢いなのに加えて、大阪、神戸、名古屋、横浜などの大都市でも事情は同じであった。まさに日本国中が日米戦争に熱狂していたのである。

そんな熱狂の中、第一艦隊全滅の報せは、冷水を浴びせるどころではなく、氷の塊を叩きつけるようなものであった。戦勝の号外を待ち焦がれていたのに、第一艦隊全滅ときたので、日本国民総員、その鼻っ柱をいきなり叩き折られてギャフンと参ってしまったのである。

実際、海軍当局者と同様、日本国民もアメリカ海軍の実力をあまりに甘く見ていた。いわゆる識者とか学者といわれる人たちまで、アメリカの海軍など無能で、取るに足らないとタカをくくっていた。いくら戦艦が馬鹿でかくて、その数も多い大艦隊であるとはいえ、それは張子の虎にすぎず、図体だけ馬鹿でかいだけ、戦闘の実力においては日本海軍の一撃にも耐えられないボロ海軍だと軽蔑していたのである。

なにしろ、第一次世界大戦の時、アメリカは、やれ四、五万トン級の大戦艦を地上にひきずりあげたような超巨大戦車を造るとか、驚くべき坑道掘削機を発明したとか、いろいろな大発明・新兵器を発表したにもかかわらず、そのうち実現したものは一つもなかったのである。ただ口先だけで他国を脅し、ひとり偉ぶっている国民性だから、今回もまた口先だけのことにすぎないと思っていたのである。まして、電波利用空中魚雷などというものが秘密のうちに開発、大量生産されて太平洋沿岸一帯はおろか、戦艦にまで配備されて、日本の主力艦隊を一撃で撃破しようなどとは、夢にも思っていなかったのである。したがって、海戦の結果は日本艦隊の大勝利、アメリカ艦隊の全滅敗北は既定の事実であり、間違いのないものであると信じきっていたのである。

ところが事実はこの確信を裏切った。完勝すると思った日本艦隊は全滅し、全滅すると思っていたアメリカ艦隊が完勝したのだから、勝利の報せを待ちわびていた日本全国民は号外を握りしめたまま、茫然自失してしまったのである。

アメリカ艦隊の日本全沿岸包囲攻撃の大計画

ウェーク島―ハワイ間の洋上で日本海軍の精鋭を粉砕全滅させたアメリカ太平洋艦隊は、ただちに無線電信によって本国海軍省に報告し、あわせて、ただちに次の計画に着手すべきかを問い合わせた。それこそ、日本全沿岸を包囲し、攻撃するという大計画である。

もちろん、絶対的大勝利を得た以上、本国海軍省が反対する理由はない。ただちに空中魚雷を以て日本の全沿岸を攻撃し、迅速に、疾風のごとく日本を征服せよとの返信があった。しかもこれは、日本が緊急に第二艦隊を編成し、意気消沈した国民に見送られて本国を出港した翌日のことであった。

開戦早々、日本海軍の精鋭艦隊を全滅させたアメリカ艦隊は、空中魚雷の絶大な威力で日本全土を木っ端微塵に破壊粉砕してやろうという恐るべき計画のもとに、威風堂々と進軍を開始し、全速力で日本へ向かっていた。

天地開闢以来、敵の一矢、一弾にも汚されたことのない栄光の日本国土には、あと数日のうちに修羅の地獄と化す運命が迫っていたのである。

シナ、突然日本に宣戦する

その実力において世界無比と謳われた日本海軍の、しかもその精鋭艦隊がわずか数時間のうちにアメリカ海軍によって全滅させられたという意外な事実は、固唾を呑んで見守っていた世界各国をあっと驚かせた。その驚愕は、日米開戦の報せを受けた時以上、いや、その数十倍の大驚愕であった。

日本側であるドイツ、ロシア、イタリア、メキシコ、ブラジルなどの諸国は、この戦争は最初から最後まで日本の大勝利で終わるものと信じきっていた。アメリカ側であるイギリス、フランス両国でさえも、アメリカに武力援助をしなければ七割方、日本の勝利はやむを得ないと踏んでいた。その他世界のどの国も、いかにアメリカが財力に富み、艦隊の数を誇るといっても、実際に戦闘となれば到底、日本の敵ではあるまいと思っていた。

つまりアメリカ以外の世界人類すべてが、日米戦争は日本の勝利に終わると信じていたのである。だから海戦においても、アメリカ海軍は日本海軍によって全滅させられるだろうと考えて、その報道を待ち構えていたのである。

ところが予想は根底から覆され、必勝のはずの日本艦隊は全滅、必敗のはずのアメリカ艦隊が絶対的勝利をおさめたのだから、列国は唖然とした。中には、これはアメリカ側による捏造報道で、実際に全滅したのはアメリカ海軍であろうと言う者もいたのだが、実際にこの報道が正しく、全滅したのは日本海軍であることが明らかになると、世界の各国民はある種の失望に襲われた。とりわけ、日本の味方をしていたドイツ、ロシア、イタリア、メキシコ、ブラジルなどの政府・国民の失望は大きなもので、気の早い連中は、「日本はもはや滅亡あるのみ」と叫んだりもした。こうして日本側に立つ諸国はベルリン駐在の各大使をドイツ外務省に参集させ、今後の日本援助の方法について協議することになった。

こうした中、日米開戦以来、アメリカ側に立ってしきりに排日親米の世論を煽り、朝鮮の独立反乱を援助し、少なからず日本を悩ましていたシナは、突如日本に対し、回答期間二十四時間の制限で、満蒙その他における日本の既得権益一切を無条件に返還することを要求した。それだけにとどまらず、北京に朝鮮の独立仮政府を組織し、二十四時間以内に朝鮮の独立を承認すべしと迫ってきた。

太平洋方面からは星条旗を翻して、恐怖の電波利用空中魚雷を配備したアメリカ大艦隊が、日本を殲滅しようと迫っている。日本海側からはシナ、朝鮮に無理難題をふっかけられる。まことに、前門の虎、後門の狼どころの騒ぎではない。

光輝燦然として四千年、大和魂、忠君愛国の本場、武士道の権化、國體《こくたい》の神聖さは世界無比のわが日本も、もはや滅亡を免れられない状況に陥ったのである。

しかし、いかに危急存亡のときとはいえ、朝鮮の独立承認はもとより、シナの乱暴不条理な要求などに屈するわけにはいかない。シナに対しては断固として拒絶し、朝鮮の独立仮政府など不逞の逆賊にすぎないのであるから回答するにも及ばない、と黙殺した。

ところが狂暴で無礼極まるシナは、日本の拒絶回答に接するとただちに駐日シナ大使に本国引き揚げを命じ、宣戦を布告し、シナはアメリカと行動を共にすると宣言した。

同時に、海軍にまず台湾の各港を占領させ、陸軍を福建省の沿岸に配備し、陸海から台湾を攻略する計画を実行に移した。そして、アメリカが東京を中心に太平洋沿岸に大攻撃を加えたら、それに呼応して琉球、八重山諸島から東シナ海を経て九州沿岸を攻略しようというのである。

日本もただちに宣戦布告し、対応作戦を進めた。数十万の在日シナ人はイギリス、フランス大使の保護のもとに日本を退去させ、在シナ日本人にはドイツ、ロシアはじめ日本側の諸国大使の保護のもとに、日本に引き揚げさせた。

当初、シナ政府は在シナ日本人を拘禁して人質にしようと卑劣な企てを立てたのだが、イギリス、フランス両大使はアメリカの先例をひいて、「非戦闘員拘禁は結局、世界諸国の同情を失い、かえって不利となる」と力説し、警告したため、この凶悪な計画を放棄したのであった。

第二艦隊も全滅

アメリカ太平洋艦隊が日本全沿岸襲撃の大計画を抱いてハワイを出発した翌日、横須賀軍港を出発した日本の第二艦隊は、油断なく敵を探りながらハワイ方面へ進んでいた。その時である、海上の彼方に、豆のような一つの影を発見した。水上飛行隊はただちに母艦を離れて偵察へ向かった。果たして、これこそ、目指す怨敵であるアメリカ太平洋艦隊であったのだ！

一列縦隊の先頭を航行していた旗艦は全艦隊に対し、

「敵艦発見！」

の信号を発した。続いて、

「祖国存亡の命運はこの一戦にあり！　不幸にして第一艦隊の轍を踏めば、わが祖国のすべてはアメリカに征服されるであろう！　諸君、肉弾となって奮励努力せよ、必ずや敵艦隊を全滅せよ！」

と、悲壮極まる訓示の信号が発せられた。全艦隊にはただちに戦闘旗がへんぽんと翻った。全艦隊の将士は武者震いして一斉に皇国万歳を絶叫した。

ところが、ところがである!!

この悲痛壮烈な司令官の訓示も、全艦隊将士の白熱たる戦意も、勇気も努力も奮闘も、恐るべき新兵器、電波利用空中魚雷の前には、まったくもって無力であった。

アメリカ艦隊も勝ちに乗じていたとはいえ、油断などしていなかった。日本艦隊がアメリカ艦隊を発見した時、敵もまたこちらを発見していたのである。そして日本艦隊の射程距離に入らないうちに得意の空中魚雷を大量に発射し、空中魚雷は雨あられのごとく日本艦隊の頭上から降り注いだ。あわれ日本の第二艦隊は、一弾も発射しないうちに、カナヅチの下の卵のようにぐしゃぐしゃにつぶされ、木っ端微塵に粉砕され、夕暮れがあたりを覆う頃には日本艦隊は一艦残らず海底深くに沈められ、静まり返った海を航行するのは、威風堂々たるアメリカ艦隊のみであった。暮色蒼然、勝ち誇る王者のごとく星条旗は夕風にはためいた。その姿は実に壮大無比であった。

ああ、祖国存亡の運命を担って、わずか数日前に祖国を出港した日本の第二艦隊は、こうして一弾も発射することなく海の藻屑となったのである。しかもその光景は第一艦隊全滅に比べても、はるかにあっけないものであった。

もはや日本は、アメリカ大艦隊の襲撃を防御する手段を何も持っていなかった。

今や日本は、アメリカ艦隊によって全土が焦土と化し、一億の国民は空中魚雷の餌食となって惨殺される運命となった。

壮麗雄大なる帝都の大建築物も、あわれ、瞬く間にめちゃくちゃに破壊しつくされ、世界随一の霊山秀峰として日本人が世界に誇っている富士山も更地となり、廃墟のごとく焦土のごとく破壊された都市村落の辻にはアメリカ太平洋艦隊司令官の布告が貼りだされ、アメリカ官憲が横行闊歩して日本人を奴隷のごとく酷使する日が来るのは、もはや時間の問題と覚悟するほかなくなった。

日本の第二艦隊を撃滅したアメリカ太平洋艦隊は、日本の運命は我が掌中にありとばかりに、太平洋の巨浪を突破して日本の心臓をえぐるべく、猛然と東京湾へ向かっていた。

アメリカのスパイが暗躍し、日本国内で破壊活動を行う

戦況は日に日に日本に不利となり、アメリカ、シナと両面を敵に挟まれ、いよいよ日本にも滅亡の危機が迫っていた。そんな折、日本国内ではアメリカのスパイが暗躍し、全国の軍需品製造工場は次々に火事に見舞われた。警察・憲兵隊はもちろん、民間の探偵、新聞記者までが捜査に全力を注いだのだが、その努力をあざ笑うかのようにスパイたちはその活動を激しくした。もはや軍需工場や火薬庫だけでなく、官庁、学校、寺院、大きな建物と見ればなんでも構わず放火、爆破した。その被害は全国に及んでいたが、大都市である東京、大阪では一段と被害が大きかった。

しかし官民一体となって捜査に力を入れたことは無駄ではなく、スパイどもは次々に検挙された。なんと、スパイの元締めは東京の銀座通りに日英貿易商会の看板を掲げて手広く貿易業を行っていたアメリカ系イギリス人だった。この首領は在日のイギリス人、フラ

ンス人、シナ人、朝鮮人を手先として使い、商取引の文書を利用して連絡を取り合っていたのだが、そこに仕掛けられた暗号は実に巧妙なもので、誰が見ても暗号が仕掛けられているとは気づかないようにできていた。

彼らは日英貿易商会の地下にスパイ本部を置き、支部を大阪、札幌、京城、仁川、釜山、北京、上海、青島、香港の日英貿易商会内に置き、東京をはじめ大都市、そして各軍需工場を焼き払うという大掛かりな計画を進めていたのである。

この巨大なスパイ組織の摘発ができたのは、警察でもなく憲兵隊でもなく、民間の探偵として東奔西走の大活躍ぶりを見せていた一人の朝鮮人のおかげであった。

スパイ組織の首領以下百数十名が一網打尽に検挙されてからはさすがに活動も下火になったが、それでもスパイ組織を壊滅させるまでには至らなかった。このため、東京、大阪では相変わらず、一日につき、二、三の原因不明の火事や爆発が続いていた。警察・憲兵隊は必死に残党の捜査に努めた。

スパイ組織の構成員は主にイギリス、アメリカ、フランス、シナ、朝鮮人らであったが、あろうことか、日本人でありながら金《カネ》に目が眩んで、自らスパイ組織に入ったり、あるいはスパイと協力して爆破破壊活動を行う非国民が数十人いた。これらの非国民どもは憲兵隊や警察によって連行される途中、その半数以上は群衆によって叩き殺されてしまった。憲兵や警官も極力群集を抑えようとしたが、殺気あふれる群衆は制止の声に耳など貸さない。スパイが逮捕されたと聞くと、数百人の怒れる群衆が津波のように押し寄せて、官憲の手から非国民を奪い、これを公衆の面前で処刑した。その首は街頭にさらされ、「アメリカの犬、誰々」と大書した高札が立てられた。こうして、日本人でありながら敵国の犬となり、国家の不利益を図り私利を貪り私腹を肥やす非国民に対する、日本国民の憎悪と憤激とその制裁がいかに峻厳苛烈なものであるかを満天下に知らしめたのである。

もちろん、いかに非国民、敵国の犬であっても、官憲の手に任せずに群集が襲いかかって私刑《リンチ》して、あまつさえその首を街中にさらすなどとは、文明国とは思えない処刑方法であり、野蛮とのそしりを免れ得ないかもしれない。しかしそれは平時の議論であって、日本が滅亡の危機に瀕しているのである。アメリカ大艦隊はすでに日本の艦隊を二つ全滅させ、次には日本の全沿岸を襲撃しようと太平洋を横断してきているのである。一方、朝鮮は独立の動きを見せており、シナは宣戦布告して台湾を襲撃し、九州から攻め込んでこようという魂胆である。

今まさに、日本は天地開闢以来の危機にある。もし万一敗北すれば、四千年の光輝に満ちた歴史を有する日本民族の領土すべては敵によって八つ裂きにされ、一億の日本国民は故国を失い流浪の民となって、世界を放浪するはめになろうという、最大の危機にある。

政府当局もこのような重大な危機において、法律をタテに国民の戦闘意欲、愛国心を抑制するのはよろしくない、ある程度まではやっつけさせろという意見があったので、アメリカのスパイに堕した売国日本人を群衆が私刑にしてその首を街中にさらしても、一切不問に付して、下手人を検挙するようなことはしなかった。

しかし、この群衆による私刑と政府の態度とは、スパイ掃討の上では大きな効力があった。数人の売国日本人スパイを私刑にしてその首をさらしたために、まだ捕まっていない売国日本人の中には、これに戦慄し、自首して、「スパイ組織の秘密を洗いざらい喋《しゃべ》るからどうか私刑にならないように群衆から身を守ってくれ」と泣きつく者も現れたのである。これによって、アメリカのスパイ組織の秘密はことごとく暴露され、組織摘発に大いに役立ったのである。

日本国民の戦意消沈する

形勢がこのようになってしまっては、一般国民も落ち着いて生活などしていられない。

五百キロの有効射程距離を持つ電波利用空中魚雷に襲われたら、日本国中安全な場所などどこにもない。

噂は次々に広がった。都会から田舎へ、田舎から山の中へ逃げたところで、生命財産の安全などとても守れない。アメリカ大艦隊は空中魚雷を満載して全速力で向かっているらしい。それどころではない、その太平洋艦隊の背後からは空中魚雷を満載した数百隻の輸送船が追いかけてきているとか、アメリカはすでに空中魚雷数百万発をシナに与えたとか、シナはアメリカから供給された空中魚雷を利用してすでに台湾を爆撃中であるとか、シナ海軍はアメリカ艦隊と共同して日本を挟み撃ちにすべく、すでに朝鮮海峡を通過したとか、そのシナ艦隊の攻撃目標は日本海沿岸の都市港湾であるなどと、根も葉もない噂まで飛び交い、一般庶民はもちろんのこと、相当の知識階級の人々までがこうした風説を信じ込んで戦々恐々としておびえるのだった。

こうなると大恐慌に陥るのは土地家屋などの不動産所有者たちで、次のように考えた。もし日本が負ければ、日本は純然たるアメリカの領地となるか、属領的保護国となるかのいずれかだろう。いずれにせよ、徹底してアメリカの支配下に置かれることになる。そうなれば土地家屋も没収されるか、高率の税金を課せられるか、はたまた第一次世界大戦当時のベルギーのように、戦時特別徴収金を課せられるか、どのみち、資産家は真っ先にアメリカ占領政策の犠牲となるだろう。

こうした恐怖にとらわれて、資産家の中には二束三文であろうとも土地家屋をいち早く売っぱらってしまおうという者が続出したのだが、いくら安く不動産を取得できたとしても、日本が負ければその所有者は同じ運命をたどることがわかりきっているのだから、あえて購入しようという者もいなかった。全国の各新聞には大小の土地家屋売却広告が掲載され、平時には坪当たり五百円～千円の評価額であった東京、大阪の一等地が、坪当たり一円でも二円でも構わない、などと書いているものもあった。家屋も同じありさまで、丸の内の六階建て、七階建ての堂々たる大建築物も価格を問わずに売りに出るなど、未曾有の事態となったのである。

また、貴重な書画骨董などもやはり売却広告が頻出し、中には自ら売り先を探しに東奔西走する者もいた。ひどいのになると、「日本が負けてアメリカに国土一切が没収された時には売却契約は完全に履行されたものとみなし、そうでなかった場合には、戦後、売却当時のなんぼ以下の値段で買い戻すまでを契約条件とする」などという虫のいい条件付きで売ろうとする者さえいた。

資産家でなくとも一般国民の中にも、道具屋でさえ二束三文でも買い上げてくれないので、さしあたり生活に必要な身の回り品だけをまとめて逃げ支度をする気の早い連中もいたし、あるいは、もはや自暴自棄となって昼となく夜となく酒に明け暮れて女房子供が飢えに苦しんで泣いていても平気な者もいたし、あるいは、とりあえず出勤はするものの仕事に手がつかず戦争談議で一日を終えてしまうものもいる。

こうしたわけで、国民の大多数は戦争の暗い前途を見越し、恐怖におののき、自暴自棄になり、士気はくじけ勇気は萎えた。

政府は訓令を発して、国民の士気挽回、戦意鼓舞に努めたのだが、そんなものは焼け石に水、大海に香水を注ぐようなもので、ほとんど何の反響も効果もなかった。

国民を覆う気分は日を追うごとに沈んでゆき、時を経るにつれ自暴自棄になってゆくだけであった。

第四章　石仏博士

危機一髪！

日本の危機は、もはや目前に迫っていた。

政府は各大臣をはじめ次官・局長・課長に至るまで、寝食を忘れて退勢の挽回に没頭した。民間からも有名無名を問わずにあらゆる知者・学者を大本営に招集し、目前に迫ったこの大国難をいかにして乗り越えるべきか、各自ありったけの知恵を絞って議論したのだが、結局、敵国アメリカの新兵器・電波利用空中魚雷から防御する方法を発見できなければどうにもならないということで一致した。それではどのようにして防御するのかになると、数百人の専門家も、数千人の知能も、何一つはっきりとしたことは言えなかった。

これだけ最大の努力を尽くしても、どうすることもできない。それならば、いっそのこと、国土の半分以上を失うことになろうとも、アメリカ艦隊の襲撃を受けて国土すべてが焦土となるよりも前に、こちらから降参して、国民一同、一致団結して将来の国土回復に望みを懸けるほうが得策であると論ずる者まで出てきた。しかし大多数は戦わずして無条件降伏などありえない、最後の一人の血の、その最後の一滴に至るまで断固として戦い、倒れてようやくおさまるのが日本民族の真の姿である、われら国民が皇国に忠義を尽くす道はただそれだけであると主張する者のほうが多数だったのである。

ところが、この日本の最大危機は救われた！

しかも完全に救われて難局を一変させただけでなく、守勢を転じて攻勢に出ることができたのである！

暗黒に包まれつつあった日本の頭上に、突如、赫奕《かくやく》たる太陽が出現したのである！

それでは、その日本の救世主は何か？　日本の頭上を覆い尽くしていた滅亡への暗雲を取り払ったものは何か？

天変地異か神風か、はたまた外国からの武力援助か？　いや、そのいずれでもない。

それは三つの大発明である。第一は、アメリカのものよりはるかに強力な電波利用空中魚雷であり、第二は、空中魚雷の威力を無効にしてしまう空中魚雷防御兵器であり、第三は、宇宙の引力・斥力《せきりょく》を利用して動く、空中軍艦である！

この恐るべき三大発明は、発明者より皇室に献上され、皇室より陸海軍に下賜《かし》されたのであった。発明者が宮内省に出頭して献上手続きをしてから、宮内大臣より大元帥閣下に奏上し、大元帥閣下から陸海軍大臣に下達があり、政府がこれを公表するという複雑な手続きがあったにもかかわらず、献上から政府発表まではわずか二時間という異例の迅速さであった。この異例さこそが、日本の危機がいかに切迫していたかをはからずも表していた。

特別大号外の発行

この三大発明に関する詳細と模型を下賜された陸海軍大臣は、ただちにこれを総理大臣に報告し、総理大臣は各大臣、それと発明者一同を従えて、自ら、大本営記者会見場に姿を現した。

会見場にいた数十名の新聞記者たちは、総理大臣が各大臣を従えて会見場に現れるなど前代未聞のことであったから、これは容易ならざる事態になったと緊張した。おそらく、敵国に対して無条件降伏を決定したのではないかと早合点して、一同起立したものの、誰ひとり言葉を発することもできず、顔面は蒼白となり、固唾《かたず》をのみ、手に汗握り、脇の下には冷や汗を流しながら視線を総理大臣の顔に集中させた。そして、総理の白ひげに覆われた口から、いかなる重大事が吐き出されるかと、今か今かと待った。

この時、記者たちの顔には失望と悲痛の色とがありありと見てとれた。しかし同時に記者たちが不思議に思ったのは、総理をはじめ各大臣の顔が昨日とは打って変わってハツラツとしており、何か新しい希望を得たかのように見えたことだった。それに加えて、いつもとは違って、見慣れない学者風の老紳士が大臣に続いて入ってきたのである。一体なんだろう？

それでも記者たちには、まだこれから発表されることが明るいニュースだとは思われなかった。とはいえ、こうした記者たちの心の動きもわずか一瞬の間のことだったのである。

記者たちが一同起立して総理に敬意を表し、総理が緊張しつつこれに応えると、おもむろに、

「諸君！　今日、ただいまをもって、日本の危機は完全に救われたから安心してくれたまえ！」

この言葉が総理の口から発せられたのである。続いて、三大発明とその発明者について発表された。紹介された発明者十数名のうち、最長老の老紳士は、三大新型武器の発明に関する経緯、およびその威力について簡単に説明し、卓上に置かれた模型によって実験を

行い、記者一同をアッと驚かせた。

新聞記者たちは大喝采で歓迎し、思わず万歳を叫んだ。そして説明の終わるのももどかしく、ただちに各自、本社に報告のため自動車あるいは自動二輪車を疾駆し、地方新聞の特派員は戦時特別電報を用いて本社へ急報し、全国紙は特別号外を発行した。その特別号外は無料で配られ、東京、大阪の大新聞社はこれを飛行機でばらまき、意気消沈する日本国民の士気を鼓舞したのである。

この特別大号外によって、日本国民は弾かれたように蘇生し、士気はかつてないほど高まって、その絶頂に達して興奮し沸騰し、戦意たるや、開戦当初を彷彿とさせるがごとく、天に達し地を揺るがした。

暗澹《あんたん》絶望たる形勢に陥っていた極東の大日本帝国は、ここに至って再び、活き活きと、ハツラツとした最大最強の国家として蘇ったのである。

発明の顚末

アメリカが世界無比無類の新兵器として誇り、日本を一撃のもとに征服してやろうと得意になっていた電波利用空中魚雷、実際、日本の精鋭第一艦隊と第二艦隊を瞬く間に全滅させた空中魚雷、ところがそのおそるべき威力を無効にしてしまう、空中魚雷防御機。

アメリカが誇る空中魚雷よりもはるかに優れた性能を持つ日本式電波利用空中魚雷。

世界のあらゆる兵器開発者が夢にも思わなかった、宇宙の引力・斥力を応用した空中軍艦。

これらの三大発明を得た政府は、全国民に対しこれを告知するとともに、全国の各軍需工場に、新兵器製造に全力を傾けよ、工員の賃金は二倍にして昼夜分かたず製造に邁進せよと命じた。

こうして日本の危機を救うべき三大新兵器は全国数十カ所の軍需工場で最大の能率で製造が開始されたのだが、そもそも、この三大新兵器は誰の手によって開発され、誰によって突然、日本が滅亡の危機の瀬戸際にあるその時に提供されることになったのであろうか。

この経緯は、まさに、事実は小説よりも奇なり、を地でゆくものであった。

日米開戦よりも三十年前、その開発に着手した人物がいた。東京帝国大学理学部教授で、石仏《せきぶつ》、というアダ名の一人の博士だ。この石仏というアダ名は、本人がいつも無言、沈黙、その様子はさながら石仏のようだからつけられたのである。

彼は大学在学中、唯一の家族であった父を亡くすと、卒業後、親類にも友人にも先輩にも知らせず、突然、風のように日本を去ってしまった。最も親しかった友人がそれから数年経って、彼がロンドンで朝から晩まで図書館に通い詰めていることを知り得たのみである。ところがその後、彼は煙のようにロンドンからも消え失せ、行方不明となってその消息は全く不明となっていたのだが、相変わらず石仏のようなその姿が次に目撃されたのは、ベルリンにおいてであった。彼はやはりベルリン大学図書館およびベルリン図書館に毎日現れて何事かを研究していたのだが、三年ばかりすると、やはりまたその姿を煙のように消してしまった。そして今度はパリに現れ、二年ほどするとパリから姿を消して今度はアメリカのニューヨークに現れ、ついでシカゴ、ワシントン、サンフランシスコというようにアメリカの大都市を移り住み、三年の後にまたもや飄然《ひょうぜん》とアメリカを去った彼はベルリンへ舞い戻った。今度はベルリンに五年ほど滞在したのだが、その間、彼が何の目的を持って何を研究しているのか、知る者は誰一人としていなかった。

こうして海外を転々とすることおよそ二十年、知人からも全く忘れられてしまった頃、突然帰国し、論文を提出して東京帝国大学理学博士の学位を得て、東京帝国大学理学部教授の地位を得たのだが、その教授ぶりにも何も目立つところはなく、平々凡々としたものだった。せっかく海外二十年の経験があるのだから、何かしら語るべきものがあるだろうと思われたのだが、そんな経験が語られるようなこともなかった。

いったい、彼は何のために二十年も海外を放浪していたのか、何のために帝大教授となったのか、彼を知る友人知人は皆、理解に苦しんだ。

彼はごくごく平凡な大学教授としてごくごく平凡に五年の月日を過ごしたが、何を思ったものか、突然辞表を提出して野に下った。一時は帝都の片隅に居住し、一切面会を拒否して何かの研究に専念没頭していたようなのだが、まもなく、先祖伝来の不動産を売却して、その代金数十万円を国立銀行に預け、秩父の山奥に居を構えた。それは天然の岩石を利用した石造りの家屋なのだったが、そこに、どこから連れてきたものやら、博士本人と同じように石仏のように黙りこくった助手十人と、やはり石仏のように黙りこくった使用人四人と一緒に引っ越した。そして、誰が来ようとも面会せず、十人の助手とともに何かの研究に専念没頭していた。

食料その他の生活必需品は四人の石仏使用人が運搬するし、金がなくなれば彼らが銀行から引き出してくる。それも年に数回のことだから、世間には少しも知られない。最初こそ、噂好きの新聞や週刊誌が不思議がって憶測記事を書いたりもしたが、所詮、人の噂も七十五日、まもなく石仏博士たちのことは世界から忘れ去られた。好奇心旺盛な訪問者たちもいるにはいたが、面会拒否のために、やがて、誰も訪ねることがなくなったのである。

こうして石仏博士は十人の助手、四人の使用人とともに世界から隔絶して研究に没頭していた。賢者は愚者のように見えることもある、と言うが、確かに、石仏博士はその表面上、平々凡々とした、応用の利かない、四角四面のつまらない学者のようではあった。ところが、彼は実際にはおそるべき先見の明を持っていたのである。

彼は学生時代からすでに、将来、国際連盟は瓦解すること、世界の平和は日米の衝突によって破壊されること、しかもその日米衝突は近い将来必ず現実のものとなること、そしてアメリカは必ず、世界を圧倒するような新兵器を発明するに違いないし、その新兵器は必ずや電波を利用したものであろうと見抜いていた。

石仏博士が大学卒業後、卒然として日本を去り、二十年の間、世界各国を転々として研究に没頭していたのは、まさに、アメリカが開発するであろう電波利用兵器をはるかに優越する新兵器を発明するためであったのだ。そして、日本に舞い戻り、秩父の山奥深く隠遁したのもそのためであったのだ。

石仏博士の先見の明

はたして、一見、平凡そのものの石仏博士の予測は的中した。

博士が秩父の山奥に隠遁してその研究に取りかかってからちょうど三十年、長い間の懸念であった日米戦争はついに現実となり、日本は天地開闢以来の大国難、絶体絶命の危機に陥ってしまった。

しかし、石仏博士の予測が的中したのは日米戦争だけではなかった。国際連盟の瓦解、アメリカの新兵器、しかもその新兵器が電波を利用したものであることまで見抜いていたのである。実に、アメリカの新兵器は石仏博士が開発したのではないかと思えるほど、その予測は正しかったのである。

しかし、石仏博士は未だかつて、一言もこのことについて意見を発表したことはなかった。もちろん、予測を立てた当時、博士も自分の意見を大いに発表して国民の意識覚醒を図ろうと思ったこともあった。しかしそんなことを発表してもただの誇大妄想として片付けられ、誰も顧みないだろう、まじめに受け取る人間など天下に一人もいるまい、と思ったのと、寡黙な性格もあって、結局、一言も発しなかったのである。

もし万一、博士が三十年前にその予測を発表していたら、有識者の中にはその予測に共鳴して、国民意識覚醒のために声を大にして呼びかけた者がいたかもしれないし、学者や発明家の中には博士の研究発明に着手し、日米開戦前にアメリカの空中魚雷に匹敵するぐらいの新兵器を発明していたかもしれない。たとえ博士の発表が妄想として受け止められたとしても、いざ日米開戦となったその初日に、博士の予言は、そのあまりの正確さのゆえに驚愕をもって思い起こされたはずである。

石仏博士が三十年前にその予測を発表し、日本国民が覚醒し、新兵器の開発に取り組んでいたら……そう考えれば博士の沈黙は日本にとって、確かに一大不利益であった。しかし、当時の有識者、一般国民が博士の言葉を妄言として一笑に付したとしたら、むしろアメリカが博士の発明に着目し、空中魚雷どころではない、博士の発明による空中軍艦まで先鞭をつけて開発していたかもしれない。そう考えれば、むしろ博士が沈黙したことは日本にとって幸運なことだったともいえるのである。

博士とその助手たちの不眠不休の苦心研究

石仏というアダ名以外には何も世間に知られていない博士が秩父の山奥に立てこもってからというもの、その研究発明は絶対に秘密とされた。十人の助手たちも血縁親戚のない者を選び、秘密厳守を課し、同時に、発明の完成まで何十年間でも一歩も博士のもとを離れないという契約のもと、年俸一万円を与えた。これは四人の使用人も同様であって、外部との連絡は葉書一枚出すことも許さなかった。もちろん、博士本人は研究発明上に必要なもの以外は、外部との一切の交渉を断ってしまったのである。

こうして博士と助手たちは研究発明に取りかかったのだが、助手の中には博士のように黙りこくってはいられない人間もいた。洒落や冗談を言わずにはいられない人間もいた。そうした人びとにとって、博士のもとで働くのは当初、大変な苦痛であったのだが、一カ月、二カ月、半年、一年と日が経つにつれて慣れてしまい、ついには石仏博士その人のように石仏化し、沈黙を苦痛に感じないどころか、必要以外に口をきくのが面倒くさくなってしまった。使用人たちもそれに感化されて黙々として起き、黙々として働き、黙々として食い、黙々として眠ったのである。

博士は助手に対して研究発明上必要なこと以外には口をきかなかったし、助手たちも必要以外口をきかず、皆、黙々として研究に没頭した。こうして一同、黙々として働き、研究し、三十年の長い間、ほとんど不眠不休で研究に苦心惨憺していたのである。

石仏博士が助手や使用人たちとともに、社会的地位も名誉も野心も捨て去って、一切を顧みずに肉を削《そ》ぎ骨を削《けず》るような苦心をして研究に邁進したことは、決して無駄ではなかった。研究開始から二十五年目には三大新兵器のおおよその構想が出来上がった。そこでその後はもっぱら実験に移り、模型試験によって改良に改良を加え研究に研究を重ね、五年後にはようやく完全無欠の姿となり、三大新兵器は完成したのである。そしてその時こそ、ちょうど日米が開戦して、日本の第一艦隊がハワイ近海で全滅し、官民ともに驚愕して大慌てで対応策を血眼《ちまなこ》になって探している時だったのだ。

博士ら一同は日米関係に暗雲がたれこめ、衝突の危機が高まる中、昼夜を問わず不眠不休で、なんとか開戦前までに発明を完成させようと努力していたのだが、オモチャや帽子を作るのとはわけが違うから、なかなか思い通りにいかなかった。急《せ》いては事を仕損じる、と諺にもある通り、早く完成させようと思えば思うほど、心ばかりが焦ってかえって発明のほうは遅れてしまうありさまだった。

事態はどんどん悪化し、報道によるとアメリカ太平洋艦隊は日本の心臓部である東京を中心として全土を攻撃するべく、全速力で迫ってきているという。また、シナは宣戦布告し、朝鮮は独立を画策している。こうした中、博士および助手一同、心の焦りは言葉にできないほどで、たとえば、手足を縛られているその足元に爆弾があって導火線が白煙を上げて燃え迫ってくる、それを見ながら、急いで縛られた縄を解いている時の心境といえばわかろうか。

博士はもちろん助手たちも寝食を忘れ、石仏はさらに石仏と化し、両目は血走って、鬼気迫る形相で発明の完成を急いだ。

こうしてようやく模型、書類のすべてが出来上がり、これでただちに日本の危機を救うことができると決断した時には、助手と博士一同は無言のまま手を取り合い、しかし同時に三十年間に及ぶ緊張が緩んだため、全員がその場で気を失って倒れてしまった。

まもなく四人の使用人がこれを発見して全員の手当てをした。博士は完成した三大新兵器の模型、設計図、その他必要な一切の書類を整えると、十人の助手たちとともに猿が鳴き交わす秩父の山奥を出発し、ちょうど来た急行列車に飛び乗り、滅亡が迫りつつある帝都・東京へと向かった。列車は驀進《ばくしん》して帝都に到着した。博士一行は列車が停止するのも待ちきれずに転げ落ちるように飛び降りて、駅前のタクシーにひらりと飛び乗った。

「宮内省へ！　国家の危機！　全速力！」

この掛け声に応じて運転手の手がバッとハンドルを摑んだかと思うと、タクシーは広い道路を疾風のように猛然と走った。

こうして博士の発明は大元帥閣下に献上され、大元帥閣下から陸海軍へ下付され、一般国民に公表され、全国紙の号外が出されたのである。

全国民は狂喜乱舞歓呼大喝采し、白熱のごとく熱狂し、その高まりに高まった士気は地軸を揺るがし、日本国家日本国民の大復活となったのである。

世界を驚かせる新兵器の絶大なる威力

すでに見たように、石仏博士と博士の助手たちが三十年かけて発明した、日本起死回生の三大新兵器とは、空中魚雷、敵の空中魚雷防御機、そして宇宙の引力・斥力を利用した空中軍艦である。このうち空中魚雷はアメリカのものとほぼ同様であったが、アメリカ式ほどに巨大ではなく、せいぜい二十五センチ砲弾よりも少し大きい程度で、しかしその有効射程距離は八百キロ、アメリカのものよりも三百キロも長い。さらにその最大速度は一秒間に銃弾の二倍で、電波を利用してその速度は自在に調整できるのである。爆破力に至ってはアメリカの一・五倍、実に驚くべき威力である。

空中魚雷防御機は、その構造は無線電信機に似ている。その電波は敵の空中魚雷が受信する電波に応じて調節可能で、敵が空中魚雷を発射すれば即座にその電波を探知し、より

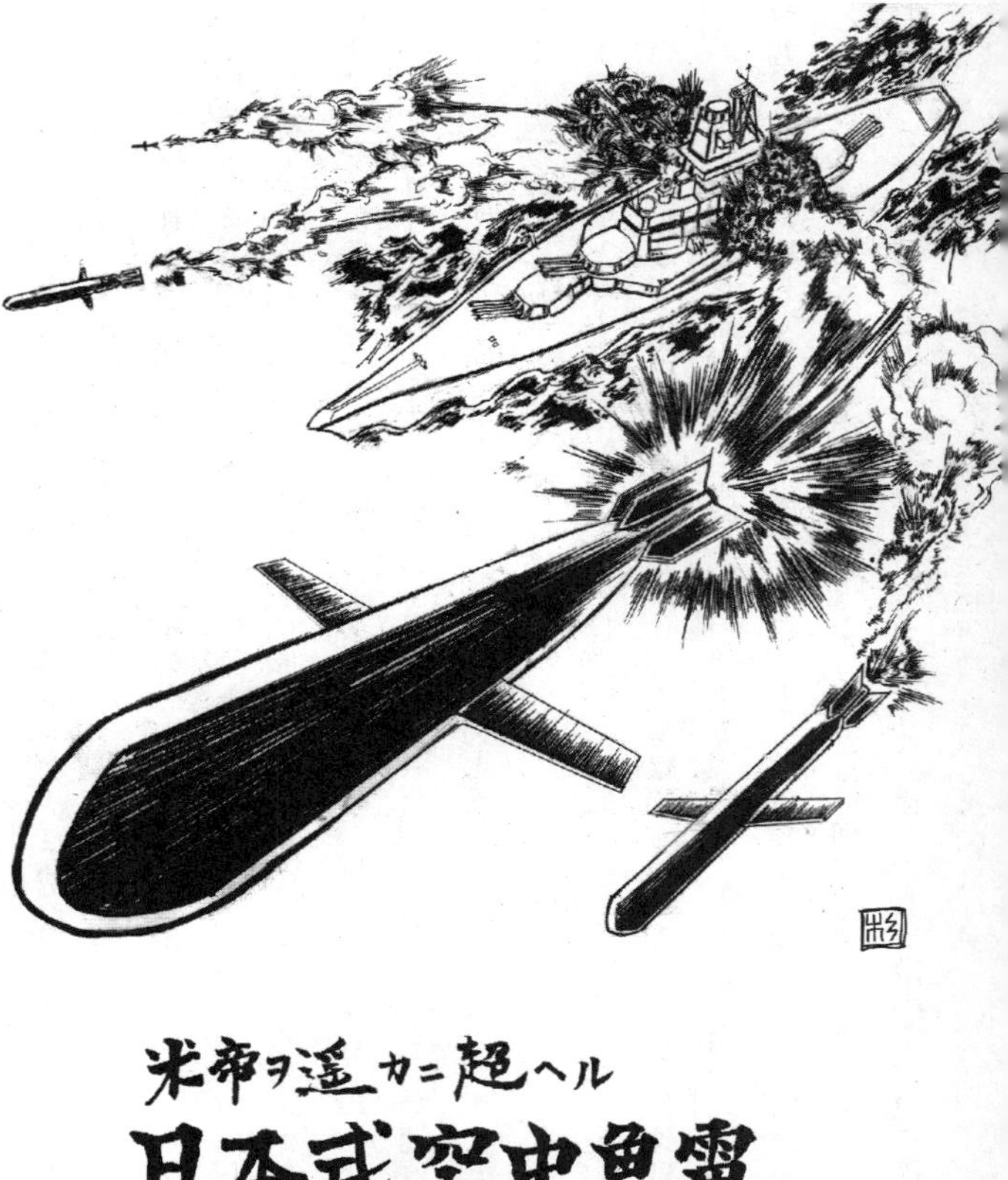

米帝ヲ遥カニ超ヘル

日本式空中魚雷

ソノ恐ルヘキ威力!

大きな電波を発信する。すると、敵の空中魚雷は航行不能になるどころか、発射された方向へ逆行したり、まったく違う方向へ誘導されてしまうのである。

空中軍艦は最大の発明で、なにしろ宇宙の引力と斥力を利用しているから、飛行機のように燃料というものの必要が全くない。上昇下降、前進後退、斜行波状行、右回転左回転、垂直上昇など、いかなる動きも自由自在である。上昇する時にはボタンひとつで何万トン何十万トンの巨艦であろうとも、斥力によって天へ吸い付けられるようにスルスルっとすみやかに上昇し、下降する時には引力を操るボタンを押せば弾丸のような速度で下降する。空中のどこかで停止しようと思えば、引力と斥力とを吊り合わせて、空中にピタリと停止して、突風疾風にも揺らぐことがない。

こうして引力と斥力を利用しているわけだから、艦体の大小はまったく自由で、百トン二百トンの小型艦でも、五万トン十万トンの大型艦でも構わず、その動作速度にも影響はない。だから搭載兵器も全く自由で、第一次世界大戦時にドイツが用いた四十センチ巨砲でも、それに対抗してフランス軍が作った五十センチ陸軍重砲でも、通常は軍艦に搭載する四十六センチ、五十センチの直射式海軍重砲でも、何でも搭載できるのである。しかし実際にここに搭載するのは、電波利用空中魚雷発射機、そして敵の空中魚雷防御機の二つ

世界人類ガ驚愕スル
空中軍艦
宇宙ノ引力ト斥力ヲ利用シ
空中ヲ自由自在ニ飛ビ廻ル

で充分なのである。

数万トン、数十万トンという山のような鋼鉄の大軍艦が空中を自由自在に飛び回る。しかも引力・斥力を利用しているから燃料も不要。艦底には破砕突起が装着されているから、空中から弾丸のごとく下降して敵艦を粉砕することもできるし、空中魚雷を発射して敵艦を木っ端微塵にすることもできる。

この空中軍艦が一隻あれば、何百隻、何千万トンの大海軍も、何万もの重軽火砲を持つ大陸軍も恐れるに足らない。どんな鉄壁の要塞であろうとも十分も経たないうちに一切の防御も破砕しすべての人間を殺すことができるというのだから、その威力の絶大なることは空前絶後、世界人類が驚愕することは間違いない。

新兵器の大量生産

さて、政府の命令を受けた全国各地の造船会社はただちに空中軍艦の建造に着手したが、事態は緊急なので空中魚雷発射機一台、魚雷三百発、乗組員五人を搭載できるぐらいの小型艦を建造することにして、昼夜分かたず全力を尽くした。

今までのような戦艦に改良を加えるという程度のことではなく、まったく新しい発明品の生産だから簡単なことではない。細心の注意を払い最大の努力を傾けても、なかなか作業ははかどらない。それだけでなく、模型実験ではうまくいったが、いよいよ実際に使用するにあたって実物が模型実験と同じようにうまくいくとは限らない。実際に試験も必要で、それにも時間がかかる。これには石仏博士らも政府当局者らも心を痛めずにはいられなかったが、作業を少しでも円滑に進めるため、博士と助手らはそれぞれ手分けして、特別の急行列車、軍用自動車を駆使して各造船所を回り、新兵器製造の指揮監督にあたったのであった。

こうして博士らと造船所の作業員一同が寝食を忘れて建造にあたった結果、まだまだ慣れないところもあるとはいえ、徐々に建造は進んでいった。

しかし、アメリカ太平洋艦隊と日本との距離は時々刻々に短縮されつつある。太平洋艦隊が日本沿岸から五百キロの距離に到達すれば、敵の空中魚雷は東京を中心としてほとんど日本全土を射程距離内に収め、雨あられのように降り注ぎ、国土の一切のものは一瞬のうちにことごとく破壊殲滅されるであろう。

三大新兵器の発明によって日本の危機は救われるとはいえ、太平洋艦隊が日本本土をその射程距離に収める前に、新兵器を完成させ、本土沿岸の要所要所に配備しなくては、完全に救われたとはいえない。

万が一、三大新兵器がアメリカ艦隊到着前に間に合わなかったとすれば、新聞の特別大号外に狂喜した国民は、いわゆるぬか喜びということになり、敵の空中魚雷の餌食とならざるをえない。しかも、その事態はあと数日のうちに迫っていたのである。

果たして、製造中の三大新兵器は、そのうちの一つでも、アメリカ軍到着までに間に合うだろうか……?

石仏博士の大獅子吼

自らの発明した三大新兵器製造の指揮監督のため、助手たちとともに老齢の身を顧みずに、昼といわず夜といわず、血眼になって東奔西走していた石仏博士であったが、突如、全国の大手新聞に大論文を発表し、数十年の沈黙を破って、激しい口調で全国民に訴えかけた。

しかも博士の発表した論文は、博士が不眠不休で日本全国を駆け回っているその移動の間、列車の中、自動車の中、五分十分という寸暇を惜しんで書かれたもので、一言一句に博士の至誠真情が込められており、その力強くほとばしり出た言葉は天下にとどろきわたり、それはあたかも獅子《ライオン》がひとたび雷鳴のように吼《ほ》えるやいなや、地上の動物たちは震え上がり畏《おそ》れかしこまって地べたにひれ伏すが如き威厳を放った。実際、一般国民はもとより、何かにつけて文句をつけずにはいられないようないわゆる学者・知識人たちも一言も非難なり反論なりを口にすることはできず、読む者はすべて博士の意見に共鳴せざるをえなかった。これぞまさに石仏博士の大獅子吼《だいししく》と呼ばれたゆえんである。

石仏博士の大獅子吼的大論文の要旨は、次のようなものである。

「わが国は現下、未曾有の危機にさらされている。この絶大なる国難に直面し、まさに破滅が刻一刻と迫ってきている、その根源的原因は何か。どうしてこのような事態に陥ってしまったのか。

実はこの国難は日本および日本国民自らが招き寄せた結果であり、自業自得と言わざるをえないのである。

日本政府も日本国民も、これまでの対外戦争の結果を見て、あまりにも自らを過信してしまうようになった。あまりにうぬぼれ、増上慢に陥ってしまった。

その結果、今までどおりやれば良いという怠惰に陥り、その場しのぎの政策を続け、新しい時代を切り開こうという技術革新にも関心を示さなかった。独創的、建設的研究には予算がかけられず、発明発見の奨励には冷淡で、民間の研究力を活用しようなどという発想はなかった。

一方で、巨万の富を持つ富豪たちは我こそは国家の原動力とうそぶいておきながら、その実、自らの利益を上げることのみに没頭し、その表面的な言葉はさておき、実際には国家観念もなく社会奉仕精神もなく、徹頭徹尾、利己主義であり、自己本位主義で、我欲の塊であった。

こうして、驕《おご》り高ぶり、自分さえ良ければいいという思想が蔓延したために、日本人は将来に必ず訪れる危機を見通すことができなくなってしまった。

すでに一九一四年、第一次世界大戦によって、将来の戦争においては科学力、機械力、発明力、この三つの力が勝敗を決するであろうということは明らかであった。これは誰の目にも明らかだったのである！

しかるに日本人はこれを直視しなかった！

日本政府および日本人はどのように処したか。

みな、国際連盟のような、実質においては無力で泡沫のようなものを後生大事にしてし

まい、あまりに信頼しすぎた。さらに、こんなおそるべき甘言を信じ込んでいさえしたのである。すなわち、

『もはや世界すべての人類は極度に戦争を嫌い、ひたすら平和へと歩んでいる、これは間違いない。もはや世界大戦などという人類すべてを巻き込むような悲惨な戦争は、二度と起こることはあるまい。平和主義者が言うように、国際連盟のおかげで、世界は一層協力し合い、軍備は縮小され、ついには撤廃され、人類の歴史に幾度も血を塗りたくってきた戦争という罪悪は地球上から消滅し、永久平和の時代がやってくる』

平和を信じ込んでいる連中によると、森羅万象を覆う生存競争・優勝劣敗・弱肉強食という大原則は、単にダーウィン系進化論が唱える、無数にある中の一つの学説にすぎず、永遠不変の真理ではないというのだ。彼らは、そんなものは人類以外の下等生物に当てはまる法則であって、理性を得た現代文明人の世界においては、イギリス、フランス、アメリカが唱導するように、〝平和〟の掛け声のもと、それにつき従っていけば、必ずや国家は安全、永遠に無事であると信じ込んだ。そして国家国防の一層の充実を怠ってしまったのである。

だが実際にはどうだ。国際連盟、絶対平和主義という仮面の下には、とりわけアメリカ

のおそるべき野心が潜んではいなかったか。どうだ、違うか！

アメリカが国際連盟を主張し、絶対平和主義を標榜した裏面には、アメリカの資本主義的・成金主義的侵略を達成しようという思惑が秘められていたのだ。

要するに、アメリカが世界を経済的に掌握し、支配しようという思惑が秘められていたのだ。

そんなこともわからずに、アメリカの言うとおりにしていれば日本の将来は絶対安全だなどと思い込んでいた。

その結果、どうなったか。国防、とりわけ、民間における研究開発への援助をなおざりにし、新技術・新発明によって国防を強化することを怠ったのである！

少なくとも日本政府が三十年前に、アメリカ、イギリスを仮想敵国として国防の充実を図り、民間の技術研究に国家予算を投じていたら、日本の科学技術力もアメリカに対抗できるほどには進み、現在アメリカがその威力を誇っている電波利用空中魚雷のようなものも、アメリカよりも先に開発できていたことだろう。そうなっていれば、アメリカもうかつに日本に手を出せず、日本を挑発することもできず、今回の日米戦争も回避できたはずである。すなわち、今日のような国家破滅の危機も回避できたはずである。

もしも私がこの三十年間、苦心惨憺して研究開発してきた今回の三大新兵器が完成することがなかったら、日本はどうなっているか。あるいは、三十年前、私に国家奉仕の精神がなかったり、研究発明心がなかったり、あるいは、研究に取りかかったものの研究費が欠乏して中止するか放棄するかしていたら、はたまた、研究そのものが失敗していたとしたら、日本はどうなっているか。座して死を待つほかないではないか。

今や、数日のうちに、アメリカ太平洋艦隊はその空中魚雷によって日本沿岸を攻撃しうる距離に近づこうとしている。これを完全に防御し、二回に亘るわが艦隊敗北という不名誉を雪《そそ》ぐべく、全国の造船所で不眠不休、全力で新兵器を製造している。これによって日本の危機は完全に救われるであろう。そのために私は日夜、全国を飛び回り、製造の指揮監督にあたっているのである。

もし幸いにして日本がこの危機を完全に乗り越えることができたあかつきには、政府には次のことを要求したい。

すなわち、政府はただちに民間発明家を保護奨励する政策を講じ、富豪・資産家はその富の一部を発明奨励のための基金に拠出し、帝都に国立発明研究所を設立し、何の心配もなく研究者たちが発明研究に没頭できる環境を整えること。

これまで、政府も資本家も、発明家を保護するどころかこれを無視し、迫害さえしてきた。たまたま国家、社会に有益な大発明をする人がいても、そしてその人が衣食住で大変な困難にあったとしても、政府は何ら保護を与えない。便宜も与えない。まったくの無視である。いざ、その発明が国防上重要であるとわかると、発明家の努力苦心も無視して、『国家のためだ』と威圧的にその権利一切をゴミのような金額で買い上げようとする。

富豪・資本家はもっとひどく、援助あるいは共同開発という美名のもとに出資して、発明家などというのはだいたい世事にうといものだから、自分に有利な契約書にサインさせて、ついには発明家の権利すべてを横取りして自分だけが金儲けをしようという悪辣な行為に及ぶのが常である。発明家はいつも、馬鹿を見るのだ。

もちろん、発明を保護するものとして特許法もあるにはある。だが、これは積極的に保護しようというものではない。発明家は特許権を取得するにも、手続きその他すべてを特許弁理士に頼らなければならない。このため、結局、発明家は弁理士の餌食となってしまう。

こうした状況なのだから、発明家の心は萎縮してしまう。日本に大発明が生まれないのは、このような状況のためなのだ。

政府および資本家が、日本国民全員を発明家にしようというぐらいの気概を持って、発明保護・奨励の積極的具体的政策をとり、生活の不安など抱えずに研究発明に没頭できる環境をつくること、これが絶対に必要なのだ。それが実現すれば、偉大な発明家は雲のようにわき立ち、世界を圧倒する新発明は次々に現れ、日本の科学力・機械力・発明力は世界に冠たるものになるであろう。それどころではない、日本は全世界の覇者となり、全人類のあこがれとなり、まことの新時代の新文明は日本から生まれ、日本を中心として動いてゆくだろう。

金の力以外に誇るものが何もないアメリカごときが、今日、科学力・機械力・発明力によって世界列強を圧倒し、かつては世界最強国と自他共に認めたわが日本国を、破滅壊滅に追いやろうとしているのはなにゆえか?

それは、アメリカの歴代政府当局者が発明に対する一大保護奨励政策を取り、富豪・資本家もまた政府と歩調を合わせて発明に資本を注入し、国民の発明心を奮起させた結果ではないか。近年の発明発見のうち、その大多数がアメリカにおいて、アメリカ人によってなされているのを見れば、それは明らかではないか。

世界の精鋭として自他共に認めたわが国の二つの艦隊が、アメリカ太平洋艦隊によって、世界史上類のない全滅に至ったのは、なにゆえか？

日本人はアメ公の連中に一体何ができる、と、タカをくっていた。ところが今やアメリカ艦隊は大挙して日本を襲撃し、一挙に殲滅、一挙に征服しようとしている、これはなにゆえか？

目覚めよ、目覚めよ、目覚めよ!!

過信を捨てよ、自惚れ根性を捨てよ、敵を甘く見るな！

政府も資本家も、真剣になって発明研究に全力を傾けよ。そして発明の才能を有する者は、すべてをなげうって、ただちに決起し、研究に邁進せよ！」

これが石仏博士の大師子吼の要旨であった。

この論文は全国の大新聞で二面に亘って掲載された。三十年の沈黙と研究を経て石仏博士が日本の危機を救うべく全国を飛び回っている、その一分一秒を惜しんで書き上げられたものであったから、この石仏博士の言葉は全国民に対してほとんど神の声のように響き渡ったのであった。このため、いつもは安全地帯からしたり顔で文句を言うことを仕事としている有識者・学者連中にしても、ぐうの音も出なかったのである。

発明基金の拠出、数億円に達する

石仏博士が心血を注いで執筆した大獅子吼的大論文は、未曾有の反響を巻き起こした。一般民衆はもちろん、富豪・資本家にもこの大論文は、心にグサッと突き刺さったのである。その結果、すぐに発明保護奨励基金への資金拠出を申し出る資本家が出てきた。成金資本家のなかには、自分が所有する資金の一部どころではなく、もっと巨額の資金提供を申し出てきた者もいた。

長い間、ゼニゲバの権化、強欲非道の化身、「カネで買えないものはない」と言い放って国民から憎まれて、怨嗟呪詛《えんさじゅそ》の対象とされていた悪魔富豪○×のごとき人間でさえ、博士に対して数千万円の寄付を申し出てきた。

しかしながら、もっと強烈な反響は中産階級以下から出てきた。富豪といえるのは百万円以上の資産を持つ者であるが、その数は全国で五万人ほどである。そのうち、寄付をしてきた者は百人足らずであった。ところが、中産階級以下の寄付者は一千万人という驚くべき数字であった。

もちろん、その各人の寄付金額はごくごく少額なものである。最小で二十銭、三十銭、多くても千円を超えない程度である。

たとえその各々の寄付額が少ないとはいえ、日本国民の大多数を占める中産階級のうち一千万人が博士の論文に熱烈に感動して、育てねばならない子どももいように、自らも生活が大変な労働者もいように、博士の熱意に答えたのであった。

それにしても富豪・資本家は五万人いたのに、寄付に応じたのは百人足らず、すなわち、割合にして一パーセント以下ということになる。残りの九十何パーセントの富豪たちは、ビタ一文、寄付することはなかった。つまり、成金富豪・資本家のなかで、国家観念を持っていたり、社会貢献精神を持っている人間は一パーセント以下しかいないということが明らかになったのである。

とはいえ、こうして博士のもとに殺到した寄付金は総計数億円の巨額の規模となった。しかもこれが論文発表後のわずか五日間で集まったのである。これには石仏博士もいささかびっくりしたものである。

金銭の寄付以外にも、土木業者、建築業者、設計技師などは、発明研究所建設のための無償労働奉仕を申し出てきた。全国の各新聞は、こうした反響を天地開闢以来の奇跡として一つひとつ特大大書して、迅速に報道した。

第五章　動揺する大陸情勢

シナ艦隊の台湾襲撃

こうして日本が絶体絶命の危機からなんとか逃れ出ようとしている時、シナ艦隊が台湾を襲撃したという一報がもたらされ、政府・国民を驚かせた。

アメリカと戦争さえしていなかったら、シナの宣戦などはどうということもなかっただろう。たとえアメリカと交戦していても、日本が連戦連勝、終始優位に立っていれば、シナのノロマな艦隊など苦もなくひねりつぶせたはずである。

開戦直後、日本は海軍の精鋭を失い、国運は坂道を転がり落ちるように下降し、対米作戦に忙殺されて、他には何も手が回らない状態である。こんな時にシナ艦隊が台湾を襲撃したことは、日本にとっては泣き面に蜂であった。

もちろん、いかに対米作戦に忙殺されていたとはいえ、シナの不遜な敵対行為に無為無策だったわけではない。シナの対日宣戦に対して宣戦布告を行い、ただちに陸海軍を出動させた。

海上においては、フィリピンを占領していた第三艦隊に命じて南シナ海から攻撃を行い、第四艦隊は急行してシナ艦隊による台湾襲撃を阻止、台湾海峡でシナ艦隊を迎撃する作戦をとった。

また陸上においては、本土からの援軍に加え、朝鮮にあった数個師団と満州軍とが連携して、大連、青島から天津を経て北京を占領する作戦をとった。

ところがシナ艦隊は日本の機先を制して台湾襲撃を決行し、基隆《キールン》・淡水《タンシュエ》・打狗《ターカウ》の各要港に大砲撃を浴びせかけ、市街を破壊し、莫大な損害を与えた。

ようやく日本の第三艦隊が澎湖《ボンフー》島沖に雄大なる姿を現した時、第四艦隊が堂々と基隆港に到着したその時には、すでにシナ艦隊が各要港を襲撃し砲弾の雨を降らせ、無茶苦茶に市街を破壊し去ったあとであった。

両艦隊は将卒総員、歯噛みして口惜しがったが、時すでに遅し、どうすることもできなかった。

シナ艦隊、日本軍輸送船を襲撃する

シナの敵対行動は、その最初からしてかつての馬賊の如きものであった。台湾襲撃もその例に違わず、日本海軍が到着する前に無茶苦茶に破壊しつくし、ちょっとでも形勢不利となると長居は無用とばかりにさっさと引き揚げるのであった。

シナ艦隊は台湾襲撃を終えると、百万トンの大海軍を三つに再編成し、それぞれ馬賊的作戦を展開した。第一艦隊は大連、青島に向かう日本軍輸送船を襲撃し、第二艦隊は日本商船を拿捕《だほ》あるいは撃沈しつつ防備のない九州の各港を襲撃し、第三艦隊は日本海に侵入して日本海沿岸部を襲撃する。こうしてアメリカと呼応しつつ、日本を挟み撃ちにしようという作戦である。

日本としても、シナの行動をボンヤリと見ていたわけではない。その作戦行動はほとんど明白に予想していた。アメリカの尻馬に乗ったシナのことだから、アメリカのように正々堂々と雌雄を決しようなどとはすまい。必ず日本を悩ませようとするだろう。すると、シナは日本軍の輸送船を襲撃し、台湾、琉球を荒らし、日本海へ侵入してくるだろうと想像はついていたのである。

したがって海上輸送についいては、いつ何時シナ艦隊の襲撃を受けても充分にこれに対抗できるよう、厳重な警備を行っていた。

はたして、日本の予測は的中した。

九州師団の精鋭部隊を満載した輸送船は、駆逐艦と潜水艦に護衛されながら長崎の佐世保軍港を出発して青島に向かっていた。朝鮮海峡を通過し、済州島を左に見てさらに進み、黄海のど真ん中に差し掛かった時である、左舷はるかに一抹の黒煙が見えた。折しも日没近く、午後四時三八分のことである。黒煙は輸送船の進路を遮断するように接近し、「停船せよ、さもなくば撃沈する」と無線電信を発した。そしてそれとほとんど同時に、今度は左舷やや後方から数隻の怪戦艦が現れ、同様に無線電信で停戦を命じた。この日本輸送艦隊前後に現れたものこそシナ艦隊で、二隊に分かれて輸送艦隊を挟み撃ちにしたのである。

「そらッ、シナのボロクソ艦隊が来たぞ！」

「なんだ、卑怯卑劣な者どもが、目にもの見せてやる」

「相手にとって少々どころか大いに不足だが、腕がなまっていたところだ、ボコボコにしてやる」

「飛んで火に入る夏の虫とはこのことだ、身の程をわきまえぬバカ者どもが小賢しい生意気な真似をしやがる、一撃で息の根を止めてやれ」

護衛艦隊の将士は鋼鉄のごとき力こぶをピシャリと叩くと、シナ艦隊に応戦すべく、ただちに行動を開始した。

黄海の海戦

司令官の号令一下、護衛艦隊はただちに二手に分かれ、一隊は進路前方を遮断する敵艦隊に向かい、もう一隊は左舷後方の敵艦隊に向かった。

両艦隊の潜水艦はすぐに潜水行動を開始し、駆逐艦隊は疾風のように前進し、有効射程距離に達すると、轟然たる第一弾によって戦闘の火蓋は切って落とされた。

シナ艦隊もこれに応じて巨弾を撃ち、両者の距離が近づくにつれて砲弾の応酬はいよいよ苛烈になり、その轟音は暮れなずむ黄海の空に響き渡り、もうもうたる砲煙は海上一面を覆い尽くし、黄海の波は巨弾の炸裂によって大いに沸騰した。

しかし、この戦闘は大して長くは続かなかった。十隻余りのシナ艦隊はわが軍の潜水艦によって、戦闘開始から三十分ほどで八隻までが撃沈され、残りはことごとく白旗を掲げて降参してしまった。すなわち、この海戦は日本護衛艦隊の圧倒的勝利に終わったのである。

日本とシナが黄海で戦うのは前回の日清戦争以来だから、実に百年ぶりのことである。シナにとっては前回の屈辱を雪《そそ》ぐべき絶好の機会であったし、日本にとっては前回の勝利に泥を塗らないためにも必勝を期した戦闘であった。両国ともに、負けられない戦いだったのだ。

しかも今回、シナが日本に宣戦布告したのが、アメリカの尻馬に乗り、虎の威を借りて牙《きば》を剝く卑怯卑劣な行動であったとはいえ、シナ海軍の戦闘力は百年前より格段に進歩している。

シナも第一次世界大戦後、大いに覚醒し、全土の統一に成功し、四億の人口が一致団結して国力増強に努めたのである。国際連盟の制約があるから表立った軍備拡張はできなかったが、国民の健康増進と称して国民皆兵とし、徴兵して軍事教練を行っていた。さらに兵器を秘密開発し、あるいはアメリカから秘密裡に購入し、常に非常事態に備えていたので、その軍事力は極めて高くなっていた。

このため、この海戦も、百年前の日清戦争のように赤ん坊の手をひねるように簡単に撃破することはできなかった。わずか一時間足らずの戦闘で圧倒的勝利を得たとはいえ、シナ艦隊の発する巨弾のいくつかはわが艦隊に命中し、三隻の戦艦が戦線離脱せざるを得ないほどの大損害を受けたのである。

この海戦において、もしも日本の護衛艦隊が潜水艦を配備していなかったとしたら、このような圧倒的勝利を収められたかどうか、はなはだ疑問と言わなければならない。

朝鮮海峡に謎の潜水艇出現

日本の輸送艦隊襲撃を試みたシナ艦隊が黄海で全滅し、日本国民もいささか明るい気分になったのもつかの間、突如として朝鮮海峡に謎の潜水艦が現れ、暴虐な振る舞いに及び始めた。三日間のうちに六隻の日本商船が撃沈され、朝鮮海峡は一転、危険地帯となったのである。すぐに駆逐艦と潜水艦からなる三艦隊がこの謎の敵を探しだし退治すべく現地に急行した。

ところが、謎の敵は依然、謎のままであった。三艦隊が昼夜分かたず、縦横に疾駆して厳重に捜索しても、影も形も見えないのである。さては日本艦隊に恐れをなして、臆病風に吹かれて逃げ出したかと思っていると、民間商船が至る所で警告もなしに撃沈されてしまう。襲撃の知らせを受けて現場に急行しても、撃沈された船体の破片や船員の惨死体が波間に無残に漂うばかりで、謎の怪潜水艦の姿はすでにない。その付近一帯を捜索しても影も形も見えず、その神出鬼没の行動力は、まさに奇々怪々であった。

捜索艦隊三隊を駆使しても、たった一隻の潜水艦を退治することができず、それだけではなく、チラリともその姿を捕捉することができないという事態である。その無様《ぶざま》な失態ぶりは日露戦争当時の上村艦隊の比ではない。

思えば、日露戦争開戦当初、日本海軍はやはり神出鬼没なウラジオストック艦隊に苦しめられた。司令官・上村彦之丞は「日本海の濃霧のために敵が見つからない」と本国に報告したが、「濃霧ではなく、無能のためであろう」と帝国議会で罵られ、上村の自宅には石が投げ込まれたのである。

この時と同様、国民は捜索艦隊に対して非難罵倒の声を上げた。全国の新聞は一斉に、筆を揃えて捜索艦隊の無能を指弾しはじめた。

「敵の数があまりに多いので、狩っても狩っても狩りつくせないというのならば、まだ話はわかる。敵が優勢で、わが艦隊が返り討ちにあったというならば仕方あるまい。こちらの武器が劣っていて太刀打ちできないのならばやむをえない。

ところが！　敵はたった一隻ではないか！　その搭載武器も捜索艦隊より優れていると

は思えない。しかも敵は一隻に対してこちらは駆逐艦と潜水艦の艦隊が三隊、すなわち六隻である。しかも捜索しているのは大海洋ではなく、狭小な朝鮮海峡である。狭い海域で、敵の六倍の兵力を投入して、捜索開始からすでに一週間が経っているというのに、いまだにその影さえ見出すこともできないとは、なんという無能か！　なんというヘマであるか！

おそらく、この潜水艦はアメリカのものではなく、シナ艦隊のものであろう。いずれにせよ、わが帝国海軍が、たかが一隻の潜水艦を退治できないとは言語道断である。

第一次世界大戦当時、世界最大のイギリス海軍が必死に努力してもドイツのUボートをどうすることもできなかったのを、当時、わが海軍はイギリスの無能さのためだと冷笑していたではないか。

ところが今や世界最強であるはずのわが海軍が、猫の額のような狭い海域で、たった一隻の潜水艦をどうすることもできないとあっては、その無能さはあまりにもひどいものではないか」

このように、海軍への非難は苛烈の度を極めていった。

第六章　メキシコの義挙

メキシコ国民の義侠心、日本のために燃え上がる

過去一世紀にわたって世界列強の一つであった大強国・日本が、アメリカと開戦すると意外にも連戦連敗し、滅亡の危機にさえ曝《さら》されたため日本国民は茫然自失に陥ったのだが、石仏博士の三大発明は、挫折した日本国民の心をいま一度奮い立たせた。

とはいえ、三大発明といえども、それらはまだ製造途中であり、完成したとしても模型実験のようにうまくいくとは限らない。いまだ、日本は危機を完全に脱してはおらず、その一抹の不安を政府も国民も共有していた。

そんな時、日本だけでなく世界を驚愕させる事件が起こった。日本、メキシコ(墨)の軍事同盟成立、そしてメキシコの対アメリカ宣戦布告である!

日墨軍事同盟の成立が日本を驚かせたということは奇妙に思うかもしれない。だが、この軍事同盟は、日本がまったく関知しないところで成立したのである。

たしかにメキシコからはそれまで、たびたび日墨軍事同盟の提案を受けていたのだが、日本のほうはアメリカを刺激しないように、すげなく拒否してきたという経緯がある。むろん、日本側から軍事同盟締結を提案したことなどなかったのである。日米が開戦してからも、そんな提案はしていないどころか、日本は連戦連敗するし、シナは宣戦布告して馬賊的行動を始めるし、朝鮮は独立を図るし、対応に追われていて日墨軍事同盟を考えるような余裕さえもなかったのである。

そんなところに、メキシコが突然、日墨軍事同盟成立を世界に発表し、同時にアメリカに宣戦布告したのだから、日本にとっては寝耳に水で、政府も国民も驚いたのは当然である。

しかし、なぜ、メキシコは勝手に、一方的に日墨軍事同盟成立を発表したのだろうか？また、なぜ突然、アメリカに宣戦布告したのだろうか。勝ち馬に乗る魂胆で参戦しようというのなら、連戦連敗の日本側について参戦するはずがない。日本の危機を救おうというつもりであるならば、アメリカの空中魚雷に匹敵するか、それ以上の強力な新兵器を持っていなければ、日本を救うことなど不可能である。

個人の場合でも、他人を救おうとして、結局共倒れになってしまうような自己破滅的行為はなかなか取り得ないものだし、どちらかに味方しなければならないのならば、優勢のほうに味方するのが人情というものだ。国際政治でも同じことで、常に有利なほうへ味方するのが当然なのである。

それではなぜ、メキシコは連戦連敗の日本の味方をしようというのか。

いやそれ以前に、たとえメキシコが自国の利益を考えてアメリカに宣戦したとしても、肝心の日本にまったく何の相談もなく、突然一方的に日墨軍事同盟を発表するとは、どういうつもりなのか。

この事件は駐メキシコ大使からの電報で知らされたのだが、あまりの意外さに、これは単なる誤報ではないかと考える人間が多かった。中には駐メキシコ大使が、現地で流れている噂話を打電しただけではないかと考える者さえいた。

しかし、いやしくも一国を代表して駐在している大使が、噂話を事実であるかのように打電するなどという軽率な行動を取るであろうか、だからこれは大使のミスではなく、部下の発信側か、日本の受信側のミスであろうという話さえあった。

ところが、続く公電によって、これはミスでもなく誤報でもないということが明らかになった。

メキシコ国民は長い間、日本に好意を抱くどころか、憧れていた。日本こそ理想的国家であり、メキシコが将来永遠に協力し、提携すべき国家は、日本をおいて他にない、とまで信頼を寄せていた。ところが、その信頼と憧れの日本が、傲慢なアメリカのために滅亡の危機に瀕しているのだ。

もはやメキシコは黙ってはいられなかった。何とかして日本を救い、日本国民に敗戦などという汚名を着させたくはないという熱烈な義俠心は燃え上がり、ついに爆発した。メキシコ国会では一人の反対もなく、満場一致で日墨軍事同盟の成立の発表と対米宣戦が可決された。そしてメキシコ大統領はただちにその権限によって、日墨軍事同盟の成立と対米宣戦を世界に発表したのであった。

メキシコの激しいアメリカ憎悪

日墨軍事同盟の発表、対米宣戦については、実はメキシコ政府も国民から多少の反対論が出てくることを予期し、覚悟していた。ところが事実はまったく逆で、国民の間に反対を唱える者は誰一人としていなかったし、学者も知識人も熱狂的にこれを支持した。全国の新聞は政府発表を大歓迎し、同時にメキシコ国民二千万人のアメリカへの敵対心は燃え上がった。首都メキシコシティをはじめ、ベラクルス、タンピコ、サリナクルス、マンザニロといった主要大都市では大々的に日墨軍事同盟締結祝賀会が開催され、それと同時に猛烈な反米デモが行われた。

在メキシコ日本人らは、たとえそれが一介の労働者であろうが正賓として祝賀会に招待され、熱烈な歓迎を受けたのでかえって恐縮してしまうほどだった。これに対してアメリカ人と見れば寄ってたかってひっぱたき、張り倒し、踏みにじった。日用品もアメリカ人には一品たりとも売らない、またアメリカ人経営の商店からは絶対にものを買わない、こうして、アメリカ人に対する不買・不売運動がわき起こったのである。

反対に日本人経営の商店は大いに繁盛した。どこへ行っても日本人商店は目の回るような忙しさである。

メキシコの国民性は感情的であり、熱狂的である。いささか理性を置き忘れがちという欠点はあるものの、大体は日本人によく似ている。一度熱すれば鋼鉄をも溶かし、一度激高すれば何者をも恐れない、瓦礫に埋もれながら命が助かるよりは、むしろ肉弾となって砕け散ることを本望とするような、実に痛快な国民性なのである。

このような国民性が、長らく憧れていた日本との軍事同盟で煽られたのだからたまらない。彼らの歓喜は、ほとんど極点に達した。そしてまた、長い間傲岸不遜な態度で、正義とか人道主義とか平和主義といった嘘偽りの仮面をかぶって圧迫を加えてきたアメリカに対し、いよいよ鉄拳制裁をくわえる絶好の機会が訪れたのである。アメリカへの敵対心は燃え盛り、爆発し、アメリカ全土を踏みにじり蹂躙し、生意気なアメリカ人の頭を打ち砕いてそこから脳みそを引きずり出して地面に叩きつけてやるまで、一歩も退かないという大決心、大覚悟が、メキシコ国民二千万人の心を占めたのである。

メキシコ陸軍、疾風のごとくアメリカへ押し寄せる

日本に無断で日墨軍事同盟を発表するなどというメチャクチャなことをやっただけに、メキシコの対米行動は迅速で、その軍事行動は疾風怒濤の勢いであった。

陸海軍の動員は宣戦布告の前にすでに秘密のうちに行われており、「イザ!」と号令がかかればただちにアメリカに侵入し、迅雷のごとく制圧する準備が整っていた。したがって、宣戦布告と同時に五十万余のメキシコ陸軍は国境を越えてアメリカ本土に侵入したのである。

アメリカは、メキシコが日本に好意を寄せていて、日本のためにいろいろ便宜を図って

いることは知っていたが、まさか日本と軍事同盟を締結して宣戦布告してくるとは夢にも思っていなかった。このため、メキシコに対する防衛についてはまったく考慮していなかったのである。

メキシコにとっては、それが有利にはたらいた。特に、アメリカ、メキシコ間の国境は、アメリカの提案により国境防備は一切なされておらず、要塞はもちろん、駐屯兵さえ配備されていなかったので、メキシコ軍の侵入はきわめて容易であった。

アメリカ国民は日本との戦争が勝利に次ぐ勝利であったため、有頂天となって二億の国民全員が勝利の美酒に酔いしれていたわけだが、このメキシコ陸軍の行動に対してはまったく予想していなかっただけに、一転、愕然としてしまった。

アメリカはただちに応急処置に取りかかったのだが、もともとアメリカ軍は世界無比の電波利用空中魚雷さえあれば、どんな大軍であろうとどんな精鋭軍であろうとまったく相手にならないとタカを括っていたのである。そのため、陸軍も兵隊を少し増員した程度で、天下泰平を謳歌して、対日戦争の勝利に熱狂して油断していたのだった。そのため、無防備の地域を恐るべきスピードで進撃するメキシコ陸軍には、ほとんど何ら打つ手がなかった。

メキシコ軍襲来の勢いは、あたかも雪崩のごとく津波のごとくハリケーンのごとき猛烈さであった。

メキシコ二大艦隊のアメリカ襲撃

陸軍が迅速な行動をとったのと同じく、メキシコ海軍もまた電光石火の敏速な行動を開始した。メキシコ海軍の精鋭を集めた二大艦隊は深夜、ひそかに本国を出港し、第一艦隊はメキシコ湾を縦断して、アメリカ人が世界一壮麗壮大な大都市だと自慢しているニューヨークに大砲弾の雨を降らせ、大小数万の建築物を一瞬のうちに粉砕し尽くしてやるという計画である。第二艦隊はアメリカの太平洋沿岸に向かい、中でも大都市サンフランシスコを破壊する計画である。

在米日本人義勇軍成立、意気は天を衝く

メキシコ政府が独断で発表した日墨軍事同盟、対米宣戦は、機密を知らなかった一般メキシコ国民を狂喜乱舞させたのだが、同時に、もともとメキシコに住んでいた日本人、アメリカから避難してきた三十万人余りの日本人は嬉しさのあまり感極まって泣かずにはい

られなかった。

そして彼らの中には、母国の危難を救い、文明の仮面をかぶって軍国主義的侵略、いやそれ以上の悪辣極まる横暴をほしいままにするアメリカを懲《こ》らしめてやろうと、義勇軍組織を主張し、檄を飛ばした。

檄を飛ばしたのもそれを受け止めたのも、いずれも純潔なる日本民族の血を受けた日本人である。長らく、アメリカの横暴に憤慨してきた日本人である。お国のためにはすべてを投げ打つことを無上の名誉と考え、赤心から奉公することを先祖伝来とする日本人である。この義勇軍に異議も異存もあるはずがなかった。

メキシコ各地に散在していた日本人、そしてアメリカから避難してきた日本人、総勢四十万人余りは、檄に応じて義勇軍に賛同し、十六歳から五十歳余りの中年に至るまで、続々とメキシコシティに乗り込んできた。

さらに、見る者聞く者の心を動かしたのは、十五、六歳から四十歳ぐらいまでの婦人までが、娘といわず母といわず未亡人といわず、老父母を残し、乳飲み子を残し、病気の子供を残して義勇軍に加わり、女も剣を取り銃を取って母国の危急を救おうとし、男子とともにメキシコシティに乗り込んできたことであった。

この壮烈悲痛な女性陣の覚悟を見て、さすがの勇猛果敢な日本男児も泣かざるをえなかった。メキシコ国民はこれに一層、非常の感動を覚えた。とりわけ、日本婦人の決意に感銘を受けたメキシコ婦人たちは、我先にと、残された日本人家族の面倒を見たのである。

メキシコシティ市長は日本人義勇軍本部を訪問し、大いに激励した。

「みなさん！　われわれメキシコ国民は最後の一人となるまで、共通の敵アメリカと戦う、不退転の決心と覚悟を持っています。今やわれわれメキシコ国民が百年の間切望してきた日墨軍事同盟が成立し、同盟に基づいてメキシコは最大最善の手段を断行しつつあります。みなさん方は民族も国籍も違うといえども、今や一心同体です。わが同胞です。みなさんは母国の危急を救うため、義勇軍を組織しました。われわれはみなさんを、あらゆる手段と熱意をもって支援することをここに誓います。

とくに、メキシコ婦人たちは、日本婦人がすべてをなげうって義勇戦線に赴くことに非常な感動を受けており、心からの敬意を抱いております。

みなさんは、出征した後のことなど、まったく心配する必要はありません。みなさんの兄弟であり姉妹である二千万人のメキシコ国民がついております。みなさんの老父母、幼い子どもたちのことは、われわれが責任をもって、なんら不満など抱かせません。

みなさんは安心して、母国の危機を救うことに専念なさい。われわれメキシコ国民は常にみなさんと共にあります！」

こうして義勇軍はただちに成立し、駐アメリカ大使館付き武官であった×○中将が義勇軍団長となり、宣誓式が終わるとすぐに全軍を率いてアメリカ征伐へ向かったのである。

単に義勇軍というと微々たる軍勢のようにも思えるが、実際には兵員の数は三十万近くの大軍勢である。しかも一人ひとりが決死の覚悟で、生きて帰ることはないと思い定めている、肉弾の勇士による義勇軍である。その意気は天を衝き、地を揺るがした。

メキシコシティ市民は熱狂して、手に手にメキシコ国旗、日本国旗を振りかざして日本人義勇軍の出征を見送った。残された日本人の家族は未練も涙もなく、激励と万歳の掛け声で見送ったのである。

在米ドイツ人、ドイツ系アメリカ人の大活躍

事実無根の捏造であろうとなかろうと、日墨軍事同盟成立がメキシコ政府により発表され、メキシコ陸軍が国境を越えてアメリカ本土に殺到し、メキシコ海軍が電光石火のごとく進撃し、日本人義勇軍三十万がアメリカ征伐に出発し、かたやアメリカはメキシコ軍を

前にどうすることもできずにいる。こうした情勢を見て、俄然、決起して大々的に活動を開始したのは、在米ドイツ人、ドイツ系アメリカ人たちであった。

ドイツ系アメリカ人は一千万人以上おり、在米ドイツ人は二十万人余りである。これら千と二十万人余りの純ドイツ人、ドイツ系アメリカ人は、日本とメキシコのスパイとして活動するだけではなかった。彼らはアメリカ内部において内乱を起こし、アメリカの対外活動を妨害し、また、ドイツ本国政府、国民を動かして日墨同盟に参加させ、対米宣戦布告をさせようと策謀をめぐらした。その一方で、アメリカ国内の兵営、火薬庫、武器などの軍需工場の爆破、要人の暗殺、軍艦爆破といった大規模の陰謀を計画し、全米の同志と連絡を取り合った。

アメリカ官憲もいち早くこの陰謀を察知し、官民協力して検挙に奔走したが、何しろドイツ系アメリカ人、在米ドイツ人すべてが仲間といってもいいほどの大陰謀団であり、しかもその行動は極めて迅速・秘密裡に行われるので、さすがのアメリカ官憲も手の施しようがなかった。

内憂外患がアメリカを覆う

在米ドイツ人、ドイツ系アメリカ人の大陰謀団は着々と計画を進め、ニューヨーク、サンフランシスコ、シカゴ、フィラデルフィア、ワシントンをはじめとする兵営、火薬庫、軍需工場などを爆破した。これを第一撃として、爆破事件は全米へと広がっていった。反日を主張する新聞社などは真っ先に爆破された。政治家、軍人、警官、実業家の中でも著名人物はピストルや砲弾で襲われ、暗殺された。なにしろ米国全土で計画は遂行されているので、毎日、爆破、暗殺事件は五件も十件も起こった。

駅や港、鉄道鉄橋も次々に爆破されていった。

これだけ大規模の破壊が毎日、頻繁に起きているにもかかわらず、犯人の検挙はなかなかうまくいかず、十件に一人もいないほどである。官憲が必死になって捜査しても、陰謀団の本部・支部がどこにあるのかもわからないし、団長が何者なのか、団員たちはどうやって連絡を取り合っているのか、まったくわからなかったのである。

検挙した人間を尋問しても絶対に白状しない、それどころか自分は冤罪だと主張して反対に食って掛かる、証拠を目の前に突きつけてもせせら笑って相手にしない。まったくもって手におえないのである。そうこうしている間にも爆破暗殺事件は頻発する。

在米ドイツ人、アメリカ系ドイツ人は一千二十万人余りおり、そのほとんどすべてが陰謀団に加わっている。その中には軍人、官僚、会社員、労働者、給仕、大会社の社長、農民、宣教師、学生、タイピスト、洗濯屋、洋服屋と、ありとあらゆる職業の人間が揃っている。彼らが密かに連絡をとりあって爆破暗殺活動を行い、しかも、それも外部から侵入して爆破するのではなく、工場、会社、公官庁に勤めている人間が勤務中に爆破装置を仕掛けるのである。だから容易に犯人も捕まるわけがない。さらに、その多くは嫌疑をかけられないような要職についている人間がやるのだから、ますますわかりっこない。

世界覇権の上で、長い間目の上のたんこぶであった日本を、いよいよ一気呵成に殲滅《せんめつ》しようと、新兵器・空中魚雷をひっさげて日本に挑み、日本の二大艦隊を全滅させ、熱狂的歓喜に酔いしれていたアメリカは、一転して、内憂外患に悩まされることとなった。

対日戦争は絶対に勝利するとしても、突然メキシコに宣戦されて、国境はメキシコ陸軍によって蹂躙されている。メキシコからは三十万人の日本人義勇軍までもが攻め込んでくる。アメリカ本土ではドイツ系アメリカ人、在米ドイツ人による暗殺爆破事件が頻発する。海路からはメキシコ海軍がニューヨーク、サンフランシスコと東西両岸を攻撃しようと迫ってくる。

遠く日本へ向かっている遠征艦隊だって、放っておくわけにはいかない。襲撃に必要な軍需品をどんどん補給しなければならないのに、その補給すべき軍需品を製造する工場がアメリカ本土では次々に爆破されているのである。空中魚雷も撃てば撃つだけその数は減ってゆくのだから、常に製造して補給しなければならない。発射機だって現在の数だけでは頼りなく、どんどん製造しなければならないのだ。アメリカ本土の陰謀団を摘発して、軍需工場爆破をやめさせなければならないのだが、それもなんともならないありさまである。

こうして、アメリカにとって国家の命運を揺るがす、重大な事態となった。

日本も内憂外患に悩まされているのだが、今やアメリカも日本と同様、いや、それ以上の内憂外患に悩まされることとなったのである。

第七章　逆転！

アメリカ艦隊、小笠原近海で突如爆沈する

日本ではここ数日内にアメリカ太平洋艦隊が襲来するというので、夜を日に継いで石仏博士発明の三大新兵器製造を急いでいたのだが、ここで、一大事件が勃発した。

日本の二大艦隊を全滅させ、日本の心臓部である東京を襲撃しようと日本に接近しつつあったアメリカ艦隊が、小笠原諸島から百キロの地点で、突如壊滅したのである。戦艦、巡洋艦の大型主要艦は轟然たる大音響とともに大爆発し、あっという間にもうもうたる黒煙に包まれた。艦体はメチャクチャに破壊され、見る見る猛火に包まれて海底深く沈んでしまったのである。

残された駆逐艦隊、潜水艦隊、輸送船隊の将卒一同は、この突然の事態に唖然とした。あまりに突然であっただけでなく、大型の主力艦のみ、二十隻余りが次々に爆発したので、ただ呆然と見ているほかなかったのである。

乗組員たちもあっという間に木っ端微塵になり、首と胴が離れ離れに波間に漂ってしまうのだから、救助もなにもあったものではない。

この爆沈の原因は機雷に触れたものでも、過失による弾薬庫の爆発でもなく、日本航空隊による爆撃のためでもなかった。状況からして爆発は各艦の底部から起きたことは明白なのだが、その原因が何であるのかは容易に判断がつかなかった。とくに不審であったのは、爆沈したのが主力艦、すなわち空中魚雷を搭載したものだけであったこと、二十隻余りがほとんど同時に爆発したことであった。

しかしその爆沈の原因が何であろうと、このように空中魚雷を擁する主力艦二十隻余りがすべて爆沈してしまえば、もはやどうすることもできない、東京を襲撃するどころか、小笠原諸島の占領さえ不可能だ。

アメリカ軍の唯一の武器である空中魚雷の発射機が一台もなければ、たとえ小笠原諸島を占領したとしても、それを維持することも難しい。そもそも東京を襲撃することができないならば、小笠原諸島を占領することも無益である。グズグズしていれば日本の艦隊に発見されてしまう。空中魚雷がなければ日本艦隊と戦闘しても勝利できる見込みもない。

とりわけ、残ったのは駆逐艦、潜水艦だけなのだから、必死に努力したところで勝算はない。

生き残ったアメリカ艦隊は日本襲撃を中止し、一旦ハワイへと退却することになった。

こうして残った駆逐艦、潜水艦はハワイへ向かったのだが、同日午後六時前後、航行中の残る艦隊もまた、轟然たる大音響とともに爆発し、数多くの将卒を乗せたまま黒煙に包まれ、沈没してしまったのである。

残されたのは軍需品を満載した輸送船だけである。

不思議、不思議、実に摩訶不思議な出来事であった！

日本潜水艦の大殊勲

アメリカ太平洋艦隊全滅の知らせはアメリカはもちろん、世界列国を驚かせた。なにしろ、開戦以来連戦連勝の太平洋艦隊が、一発の弾丸、一発の空中魚雷を発射することもなく、太平洋のまっただ中で突然、爆沈してしまったのである。アメリカ国民の驚愕は、かつて日本の第一艦隊が太平洋のど真ん中で突然全滅した時に比すべき大きなものであった。

しかしこの太平洋艦隊全滅はアメリカにとっては不可思議な事件であったが、日本から見れば不可思議でもなんでもなく、まったく予定の作戦通りだった。

日本では空中魚雷を持つアメリカ艦隊の東京襲来が何よりも重大な懸念であった。いくら石仏博士の三大発明があろうと、兵器製造が間に合わなければ、間に合ったとしても期待する結果が得られなければぬか喜びということになる。それだけでなく、日本は東京をはじめとして全国が灼熱地獄と化し、焦土となってしまう。

こういうわけで日本政府としては、石仏博士の新発明だけを唯一の命綱として手をこまぬいているわけにはいかない。たとえ結果が徒労であろうと無駄であろうと、今持っている兵器で、できる限りの防御策を講じなければならない。

こうして海軍当局は、新式潜水艦だけによる決死艦隊を組織し、勝ちに乗じて猛然と迫ってくるアメリカ太平洋艦隊を、その途上で迎撃しようという作戦を立てた。そして最新式の偵察飛行機にそれぞれ強大な望遠鏡を装着し、空中偵察隊として潜水艦隊と連絡をとりあって作戦に当たらせたわけである。

アメリカ艦隊は必ず小笠原諸島を占領して、ここを日本襲撃の根拠地とするだろう、というのが日本の見立てであった。東京、横浜から小笠原までは千キロ足らずの距離だから、東京襲撃の根拠地としては距離も位置も申し分ない。したがって、アメリカ艦隊を迎撃するとすれば、小笠原諸島付近が最適であろう。

こうして決死艦隊は横須賀軍港を発して小笠原諸島へ向かい、同島を根拠地として近海に網を張り、敵を発見したら一斉に敵艦底に魚雷を発射し、一挙に全艦隊を葬ろうという計画で、潜水艦隊は手ぐすねひいて待っていたのである。

決死艦隊の潜水艦は、日本が独自に開発建造した、従来の旧式潜水艦とは異なるまったく新しい兵器であった。五千トンを超える大型艦なのだが、潜望鏡も司令塔もない。艦首に位置・距離測定器が装備されており、これによって二百キロ以内の敵艦の場所と距離を正確に知ることができるので、潜望鏡は必要ないのである。また水中無線電信機があり、これを通じて命令も報告もできるので、司令塔も必要ない。つまり、海面に浮上する必要がなく、何から何まで潜水したまま行うことができるのだ。

水中無線電信機を使えば海上の通常戦艦、空中の偵察機とも交信ができるから、位置・距離測定器と海上、空中の索敵報告とをあわせれば、ほぼ完璧に敵を捕捉可能である。

この新式潜水艦が発射するのもまた新式魚雷で、従来の数倍の威力、一発でも命中すればどんな大型艦でも微塵に粉砕されてしまうという恐るべき威力である。

しかも新式潜水艦の動力は海水を利用した電気動力で、数日間潜航していても電力供給には少しも困らない。その操作も簡単になっているので一万トン級の大型艦でも船長以下五十人程度の乗組員で動かせるし、海水から酸素を得る酸素発生機もあるから、何十日間も潜水しっぱなしであっても窒息するようなこともない。

潜水艦の構造は各国にとって絶対の秘密だから、アメリカの潜水艦と性能を比べようもないのだが、それでも海軍当局がさまざまなルートから集めた情報によると、わが国の新式潜水艦の能力はアメリカのものと比べてはるかに優れているのである。

こうしたわけで、日本海軍当局は、新式潜水艦による決死艦隊は必ずアメリカ艦隊に大打撃を与え、空中魚雷の恐怖を回避できると信じて疑わなかった。

こうしてわれらの決死艦隊は小笠原諸島を根拠地として、その付近を海中深くから見張り、監視し、アメリカ艦隊がやってくるのを今や遅しと待ち構えていたのである。

決死艦隊と連携して作戦に当たる偵察部隊もまた、小笠原諸島を根拠地として約一万メートルの上空を飛び回り、潜水艦が装備する位置・距離測定器が及ばない遠距離の偵察にあたった。

なにしろ高度一万メートルだから、アメリカ艦隊には偵察機のプロペラの音も聞こえないし、ましてその姿が見えるわけもない。ところが偵察機のほうには強大な特殊望遠鏡が装備してあり、これを用いれば目の前にあるようにアメリカ艦隊の姿がよく見える。

遠距離のうちに捕捉されたアメリカ艦隊の情報は水中無線電信機で海中に潜む決死艦隊に伝えられるから、決死艦隊はすぐにアメリカ艦隊の航路に先回りして待ち構える。そして位置・距離測定器の範囲内に入れば、あとは新式魚雷を次々に撃ち込むだけである。

こうなってはアメリカ艦隊が世界に比類ない新兵器・空中魚雷を持っているとはいえ、また、いかに戦勝気分に浮かれて意気軒昂であるとはいっても、その運命はすでに風前の灯である。もはやそれは、断崖絶壁へ向かって猛スピードでアクセルを踏む車のようなものであった。

はたして、日本側が予測した通り、アメリカ艦隊は小笠原諸島を占領しようと、東経一六〇度北緯三〇度の点より進路を南西に変更し、威風堂々、波を砕き飛沫を上げて、日本の運命はもう尽きたも同然とばかりに、猛然と進撃してきた。

日本の偵察飛行隊は二手にわかれ、一隊は小笠原諸島から東方約千キロ、南鳥島より北方約四百六十キロの点を中心に警戒線を張り、もう一隊は南鳥島から西南約五百五十キロ、マリアナ諸島より北東約五百五十キロの点を中心として警戒線を張っていたが、アメリカ艦隊をその新式望遠鏡で探知したのは前者の部隊であった。

さぁ、怨敵がやってきた！　と、偵察飛行隊はすぐに暗号無線電信を決死艦隊に打電した。決死艦隊のほうは、待ちに待った恨み骨髄のアメリカ艦隊が、いよいよ罠にかかったぞと臨戦態勢に入った。各艦はいつでも新式魚雷を連続発射できる準備を整え、位置・距離測定器の担当士官は計器を見つめながら慎重に前進し、敵が測定器の範囲内に入るのを待った。この間、偵察飛行隊はアメリカ艦隊の動きを逐一報告していた。

アメリカ艦隊と日本決死艦隊の距離はどんどん縮まっていった。五百五十キロ……五百四十キロ……四百六十キロ……三百七十キロ……二百八十キロ……。こうして両者の距離は縮まり、ついに決死艦隊の位置・距離測定器が明確に感知しうる距離となった。

しかし、決死艦隊はできるだけ近距離まで接近したほうが有利だから、絶対に発見されない深さまで潜水し、常にアメリカ艦隊との距離を測りながら接近した。

こうして両艦隊の距離は九十キロとなり、五十キロとなり、四十キロ、三十キロ、二十キロとなった。だが慎重に慎重を期す決死艦隊は数十メートルの深さを潜航しつつ接近を続けた。やがて両者を隔てる距離は十キロとなり五キロとなり、二キロ、一キロ以内となった。すなわち、射撃が最も有効な距離となった。

五百メートルの距離に近づくと、決死艦隊司令官はついに攻撃命令を発した。

各艦は敵艦隊の中でも大型艦だけを狙って、猛然と新式魚雷の火ぶたを切った、すると

新式魚雷は怪魚のごとく紺碧の海中を突進してあたかも空中を行くかのように弾丸のような猛スピードで敵艦に向かった。各艦は連続して五発の魚雷を発射した。幸運にも、魚雷はいずれも敵艦の弾薬庫や機関部に命中し、数秒も経たないうちに、轟然たる大音響とともに爆発し、木っ端微塵に砕けてみるみる水面から消え去り、海の藻屑となったのであった。

この突然の大惨事に、取り残されたアメリカ艦隊の駆逐艦や潜水艦は呆然として仲間が海へ消えてゆくのを眺めているしかなかったのだが、はっとわれに返ると、ただちに方向を変えて、一目散、全速力で遁走しはじめた。だが決死艦隊はそれを逃がさない。遁走するもの、追撃するもの、どちらも全速力である。だが日本の新式潜水艦のほうが速力は上だった。約一時間ばかりのうちには両艦隊の距離は三百メートルにまで迫り、魚雷による集中攻撃によって残ったアメリカ艦隊もことごとく撃沈され、残ったのはわずかに輸送船十隻余りのみであった。

こうして、ようやくわれらの決死艦隊は浮上して海面にその勇姿を現した。そして輸送船に対して停船を命じたのであった。何も武力を有しない輸送船は決死艦隊の命じるままに停船し、その運命を決死艦隊に委ねるしかなかった。

昨日の他人の身の上は今日のわが身、これは永遠不変の真理なのである。開戦するやいなや日本の二大艦隊を轟沈全滅させ勝ち誇ったアメリカ艦隊も、今や小笠原諸島近海にて全滅し、日本襲撃の雄大な計画も艦隊全滅とともに砕け散り、海の藻屑となってしまったのである。

日本の狂喜、アメリカの驚愕

決死艦隊司令官は、五十数隻のアメリカ艦隊をことごとく撃沈し、十数隻の輸送船を拿捕した顚末を無線電信によって東京の大本営に報告した。これと同時に偵察飛行隊も戦況を報告するべく、全機が本土へと引き揚げた。大本営ではこの戦闘報告をただちに新聞記者団に発表した。明るいニュースに飢えていた記者一同は、これを聞くと狂喜して思わず一斉に万歳を叫んだ。

アメリカ艦隊全滅、日本決死艦隊の完全勝利、大殊勲の報道は、偵察飛行隊員の目撃証言とともに、全国のあらゆる新聞で報道された。各新聞社は特別号外を発行して日本全国津々浦々、寒村僻地に至るまでまき散らした。全国民は新聞の号外を手にして狂喜乱舞し、戦勝祝賀会は全国いたるところで開催された。提灯行列は連日連夜続き、国民の歓喜の度は頂点に達し、中には喜びのあまり褌《ふんどし》一丁の素っ裸となる馬鹿者も現れる始末であって、そんな連中は警官の制止も聞かずに、「アメリカ艦隊全滅全滅、これで安心ご安心、アンタも安心ワタシも安心、みなさんどなたもご安心」などと歌って踊りだす者さえいた。

こうしたことだけでも、アメリカ艦隊全滅の吉報が日本国民全員の胸をどれほど高鳴らせたかわかるであろうが、その頂点ともいえるのが、帝都東京におけるサーチライトナイトであった。

たしかにそれまでも、お祝いの時や景気付けのためにサーチライトが用いられたことはあったが、この時ほど大規模にサーチライトが用いられたことはなかった。何しろロウソク二万本から十万本の明るさを持つ大小のサーチライトが総計八万五千個用意され、そのうち五万個は帝都の高層建築物のてっぺんに据え付けられ、それらが一斉に夜空へ向かって大光芒を放ち、縦横無尽に転回するのだから、その雄大壮観ぶりは言語に絶し、天地開闢以来未曾有の光景だった。

これに対してアメリカ国民の驚愕呆然、失望落胆、憂愁悲痛ぶりは、ちょうど、日米開戦早々に二大艦隊全滅の知らせを聞いた時の日本国民と瓜二つであった。しかもアメリカ国民の失望落胆ぶりは、まさに戦勝に酔いしれていた最中のことであったから、それだけ反動も大きく、日本国民がかつて味わったものよりもはるかに大きかった。

すべてのアメリカの新聞は、日本の新兵器の能力を知らずにむざむざと全滅させられてしまった太平洋艦隊司令官の不用意不注意軽率ぶりを口を極めて罵った。アメリカ艦隊司令官および将卒どもの無能無策ぶりは明らかである、こんな調子で、識者、学者はもちろんのこと、一般国民まで「アメリカの歴史に汚点を残した国賊であり、その大罪は永久に赦《ゆる》すべからず」と怒り心頭だった。政府内でも、司令らを咎める声が高まった。

しかし、いくらアメリカ本土で怒りの声が沸き立ったとはいえ、当のアメリカ艦隊はすでに太平洋の藻屑となり、無能と非難される司令官以下将卒のすべてが魚の餌と化した今となっては、その怒りのこぶしを振り下ろす相手もいない。

この事態を受けて、アメリカの国論は二つにわかれた。一方は、さらなる強大な大遠征艦隊を送るべしという積極論で、もう一方は遠征作戦を捨てて、来るであろう日本遠征艦隊を迎撃すべしという消極論である。しかもこれは世論だけではなく政府内でも二派に分かれて、侃々諤々喧々囂々《かんかんがくがくけんけんごうごう》の議論となったのである。

しかし結局、この論戦は消極論者の勝利となった。従来、積極策をとってきたアメリカは、一大方針転換をして消極策をとる、つまりは守勢に立たされることになった。

単に太平洋艦隊が全滅したぐらいであれば、アメリカは決して作戦変更はしなかったであろう。従来通り、さらなる大遠征艦隊を送り込んだはずである。あくまでも攻勢の姿勢を崩さず、日本を追い込もうとしたはずである。

しかし、メキシコが陸伝いに攻め込んできており、アメリカ本土ではドイツ系スパイによる破壊活動が進んでおり、各種軍需基地が日々爆破されているという内憂外患でもう無茶苦茶な状況に追い込まれているため、今は大遠征艦隊を進撃させている場合ではないというわけである。いかに富を世界に誇ろうとも、こうした事情で、アメリカもついに守勢にまわらざるをえなくなったのであった。

暴れまわる怪艇の正体

朝鮮海峡で神出鬼没、日本商船を警告なしにいきなり撃沈し、莫大な損害、恐るべき恐怖を与えた怪艇退治に、日本海軍は二隻の駆逐艦を一隊とする捜索隊三隊を送り、昼夜を分かたず不眠不休で捜し、撃滅しようとしたが、怪艇はむしろその活動を活発にするありさまで、ついには朝鮮から玄界灘、山陰近海にまで出没し、数十隻の商船を片っ端から撃沈したのである。

この状況が百年ほど前、日露戦争において上村艦隊が受けた屈辱と酷似していたので、国民の世論は沸騰し、捜索隊の無能さを罵った。各新聞は盛んに捜索艦隊の無能さを非難した。無能な捜索艦隊は更迭せよという声が大きくなり、日本海軍は罵倒にさらされた。

とはいっても、海軍にも同情すべきところがあって、怪艇を捕まえるどころか発見さえできなかったのは無能のためではなく、実に運が悪かったとしか言いようがなかった。

海軍当局は最新式の潜水艦三隻、飛行機三機をもって増援し、捜索隊は三日以内に怪艇を捕獲、撃沈しなければ、陛下と国民に対して申し訳なく、切腹する大覚悟で、一層、力を傾注した。

駆逐艦の艦長はじめ数十名の将卒は双眼鏡に目を当てたまま甲板に立ち、前後左右を警戒する。速射砲はすぐに数百発でも連続発射できるように準備され、無線電信係は絶えず偵察飛行機、潜水艦と連絡を取り合う。偵察飛行機は時速二百四十キロで空中をハヤブサのように飛び回り、潜水艦は海中を縦横無尽に駆けまわる。

こうして第一日は暮れ、第二日も終わった。しかし怪艇らしきものは何も発見できなかった。いよいよ運命の第三日となった。もし不幸にしてこの日も怪艇を発見できなければ、捜索隊一同は切腹しなければならない。司令官以下水兵の末端に至るまで、気が気ではない。

正午を過ぎた。午後一時、二時、三時……四時になっても怪艇は見えない。

ついに日が暮れた。海上を夜の闇が覆った。しかもその宵闇はどんよりとして月も星もなく、海面は大いに荒れて、骨を貫くような冷たい水が甲板に押し寄せ、警戒に当たる将卒たちの足元を掬《すく》おうとする。だが一同はこの危機困難をものともせず、泰然自若として甲板に根が生えたかのように直立して、全身が鋭い目になったかのように怪艇の姿を探し求めた。

風浪はいよいよ激しくなった。玄界灘は山のような大波が荒れ狂い、監視将校は波にさらわれないように体を支柱に縛り付け、双眼鏡も手首に巻き付け、死に物狂いである。

八時、九時、十時……時は無情に過ぎ去ってゆく。時計の針が十一時を指す三分前、捜索隊一同が切腹するまで残すところ一時間である。

ところがこの時、天の助けか神の加護か、暗澹たる天空は次第に晴れ、紺碧の空には星が燦々《さんさん》ときらめき、満月は磨き上げた白銀の鏡のように煌々と光を放ち、風浪も夢のように消え去って海上は静寂に包まれ、聞こえるものは機関のエンジン音と船体が砕く波の音のみ。海面は辺り一面水銀を湛えたように落ち着きかえり、はるか彼方に勇躍するトビウオの姿さえはっきりと見えるほどであった。

駆逐艦の一隊が玄界灘から進路を西北に転じた時、その右前方十キロの地点を航行していた潜水艦が、駆逐艦隊との中間辺りに国籍不明の一艦が西に向かっているのを発見した。そこで潜水艦は無線電信を発してみたが何も返事はない。また進路を転じる様子もない。念のため数度、電信を発したがやはり反応はなかった。これにより、ついに、数日来狂暴に荒らしまわっていた怪艇であると判断したのである。

電信係は艦長の指示に従い、ただちに全捜索隊に連絡した。

「怪艇発見！　貴艦と当艦の中間前方、五キロ地点を西に向かって潜航中、貴艦とほぼ同速力なり！　警戒を要す！」

「警戒発信、確かに受信した！　戦闘の準備一切完了！」

この返電から五分も経たないうちに、怪艇は進路を急に駆逐艦のほうへ転じた。

「怪艇は本発信一分前、進路を転じ、目下、貴艦の方向に進みつつあり、進路を西に転ぜらるべし！」と、潜水艦は注意を発した。駆逐艦はただちに進路を西に転じた。すると怪艇はまたもや進路を転じて駆逐艦を追った。怪艇は日本艦隊の存在に気付き、襲撃すべく接近しつつあったのである。潜水艦も怪艇を追いつつ、

「怪艇は貴艦隊を襲撃しようとしておる！　当艦は怪艇を後方から襲撃すべく全速力で接近中！　貴艦隊は進路を北方から東方へ転ぜらるべし！」

と警告を発した。

駆逐艦隊が進路を転じると、やはり怪艇も進路を転じて追ってくる。なにしろ駆逐艦では海中の怪艇を攻撃することはできないから、潜水艦からの指示に従いつつ進路を変えるしかない。日本の潜水艦も全速力で怪艇を追うが、怪艇の速力は凄まじく、なかなか追いつかない。これほどの速力を持っているということは、シナの潜水艦ではなく、きっとアメリカの最新式の潜水艦であろうと推測できた。

そのうちに怪艇はますます日本艦隊に接近し、その距離は二キロ、一・五キロとなり、

これ以上接近されれば、日本艦隊は怪艇の魚雷の餌食になる。危機は目前に迫った。

怪艇を追跡する潜水艦も気が気ではない。怪艇が僚艦を射程距離内に収める前に、なんとしても撃沈しなければならないと、最大速度で後を追う。

数分後、潜水艦と怪艇との距離は大いに縮まり、潜水艦の将卒らはいよいよ緊張した。

こうして怪艇との距離は千メートルとなり、九百メートル、八百メートル……ついに五百五十メートルとなったとき、砲手の手は発射機のハンドルを摑んだ、同時に巨大魚雷は音もなく発射され、弾丸のごときスピードで水中を進んだ。

「命中！ 命中！ 魚雷は確かに怪艇に命中した！」

魚雷が発射されて一秒も経たないうちに、海中を巨大な振動が走った。これこそ魚雷が怪艇に命中した反応である。

間もなく水面には破壊された怪艇の破片や食料品や機械器具、乗組員の死骸が渦を巻いて浮き上がった。しかし、怪艇が破壊されるとほとんど同時に、直前に怪艇が発した魚雷のため、日本艦隊の駆逐艦一隻も艦底が破壊され、怪艇と前後して沈没してしまったのである。

潜水艦はただちに怪艇撃沈の信号を放った。そして海上へ浮上して調査してみると、確かに怪艇は魚雷一発のために撃沈されていたのである。

そこで、破壊された怪艇の浮遊物を調査してみると、驚くべきことに、怪艇はアメリカ艦隊に属するものではなく、シナの艦隊でもなく、実は朝鮮独立陰謀団のものだった。

朝鮮独立陰謀団は日米開戦前にアメリカから最新式潜水艦を購入し、アメリカ国旗やシナ国旗を立てて、あたかもアメリカやシナの潜水艦であるかのように装い、日本の目をくらましていたのであった。

そして日米が開戦すると常に日本海軍の動きを偵察し、シナ、アメリカ両国に報告し、日本の不利益を図っていたのである。

第八章　シナ大陸に死す

満州日本軍の全滅

シナ共和国がアメリカの尻馬に乗り、無法にも日本に宣戦すると日本もすぐに応じて宣戦し、ただちに軍事行動を開始したのであった。日本の作戦は、まず朝鮮の軍団と満州駐屯軍とを合流させ、一方、日本本土からは青島、大連に軍団を輸送して、両軍団で北京を挟み撃ちにし、同時に中国南方部との連絡を遮断するというものであった。

しかしシナ側も敏速で、シナ東北地方の軍隊を動員して満州駐屯軍を撃破し、朝鮮からの日本軍侵入を阻止しようとした。その一方で、日本軍が青島、大連に上陸するのを防ぐため、なるべく海上輸送中に撃破しようと海軍力を大いに展開した。

しかしシナの行動に対し、日本海軍の行動のほうがはるかに機敏であったため、シナの作戦は絵に描いた餅に終わったのである。

しかし陸上については、中国東北部のシナ軍隊のうち、黒竜軍はハルビンを攻撃し、吉林軍は長春―開原間の満州鉄道を攻撃、占領して奉天―ハルビン間の連絡を遮断した。そして奉天軍は吉林軍と協力して、奉天駐留の日本軍に猛烈な攻撃を加えた。

満州駐屯の日本軍は混成の一個旅団にすぎなかったので、統率もうまくとれず、非常に善戦したものの、あえなく全滅してしまった。事情は他の駐屯軍も同じで、ハルビン駐屯軍、奉天駐屯軍もやはり全滅した。駐屯軍は朝鮮からの応援部隊の到着を期待して持久戦を戦ったのだが、たとえばハルビンは吉林軍によって満州鉄道を占領されたため孤立無援となり、たとえ朝鮮駐屯軍が満州から侵入したとしても、まず吉林軍・奉天軍を撃破しなければ、ハルビンに援軍を送ることも不可能だった。

ハルビン駐屯日本軍はわずか二個大隊にすぎない少数で数万の黒竜軍に包囲され、なんとか一日でも戦闘を引き延ばそうとしたが、シナの攻撃はすさまじく猛烈で、空からは飛行機の襲撃があるし、陸からは銃弾を雨あられのように浴びせられた。一人斃《たお》れ二人負傷し、そうこうしている間についにわずかに歩兵一個中隊を残すのみとなった。砲工兵などの熟練兵は、すでに戦死していたのである。

こうして第一日は終わったが、第二日になるとシナ軍の攻撃は、さらに苛烈となった。飛行機は絶えずハルビン上空を飛び回って日本軍の状況を偵察し、シナ本部に報告するので、敵の砲撃はますます正確となり、砲弾の数はますます増え、飛行機は爆弾投下を行って兵営を破壊し、塹壕《ざんごう》を破壊し、こうして陸から空から縦横に砲撃を食らうものだから、たまったものではない。日本軍の将卒は次々に斃れ、戦闘開始から二日目の午後には、生き残っているのは軍曹以下わずか二十名である。こうなっては、一騎当千の日本兵といえども、どうしようもない。もはや全滅の悲劇しかなかった。

そして、シナ軍はわが物顔に市街に侵入してきた。数万のシナ軍にしてみれば、籠城する二十人の日本人など、物の数ではない。彼らはあっという間に惨殺され、あるいは殺されることをよしとせず、自ら割腹したのである。こうしてハルビン駐屯日本軍は全滅したのである。

奉天日本軍の苦戦

奉天の日本軍は混成一個連隊だったが、これまた非常に苦戦を強いられた。対する奉天軍はシナの中でも精鋭である。いかに奮戦しても数の差はどうしようもない。武器の威力も比較にならないほど日本は劣勢である。もちろん一人ひとりの能力は、日本のほうが圧倒的に強いのだが、いかんせん、戦争は兵の多寡が物をいうこともある。

連隊長以下、全軍が一丸となって奮戦したのだが、シナ軍の数はますます増え、攻撃はますます猛烈になり、飛行機は間断なく飛来し、こうして連隊長は傷つき副官は斃れ、大隊長は戦死し、中隊長も斃れるといったように、幹部将校は片っ端から減っていった。果てには大尉が全軍の指揮を執るというありさまで、屍は山と重なり、血は川のように流れた。

しかし、何といってもさすがは日本兵である。上官、戦友が目前で傷つき、死んでいっても勇気を失うようなことは断じてなかった。上官一人斃れればより一層勇気をふるい、戦友一人を失えばますます奮起し、味方の数が減れば減るほど、敵の数が増えれば増えるほど、十倍、百倍の力を発揮するのである。

戦闘の光景は悲惨極まるものであると同時に、実に壮烈極まりなく、まさに鬼神をも泣かせるような光景であった。中には全身が十数発の弾丸に貫かれながらも銃を離さない者もいた。しかも、出血と疲労でついに倒れると、

「おい、戦友！　俺はもうだめだ。頼む、俺の分まで戦ってくれ……頼む……」

と叫んで、傍らの戦友に銃を預けて目を瞑《つむ》る勇士もたくさんいた。

するとと頼まれた戦友も、

「よし！　あとは俺が引き受けた。お前は斃れても俺はまだ死なんぞ！　なにくそッ！　俺がカタキをとってやる、さァ見ておれッ！」

と叫んで戦友の銃を取って射撃し、世を去らんとする戦友の最期を激励するのであった。

しかし、ああしかし、兵数は次第に減ってゆき、弾薬も尽き、飛行機も残るはわずか二機となった。ほとんどの将卒は戦死し、運命はもはや尽きた。ハルビン駐屯軍と同じ、全滅の時がやってきた。こうなっては、もうどうすることもできない。少なくとも五日間耐えれば、援軍の到着を期待できたのだが、今やそれすらも不可能である。連日連夜三日にわたる戦闘も、シナ軍の攻撃はますます激しくなり、四日目には全滅必至となった。

はたして、はたして！　四日目の午後、奉天駐屯日本軍はハルビン軍と同じく全滅し、奉天はシナ軍によって完全に占領された。

分水嶺、摩天嶺付近の大惨戦

奉天を占領したシナ軍は撫順停車場を押さえ、新義州に至る鉄道を占領しつつ南下した。さらに二道溝、雪裡、小狐山を結んで前線とし、草河口の西方、分水嶺に本隊を置いた。

こうして満州軍に合流するべく、朝鮮鉄道によって国境を突破してくる日本軍を迎撃しようとしたのである。また、咸鏡鉄道で会寧から豆満江上流を渡り、長白山脈方面から侵入しようとする日本軍については、吉林軍がこれを阻止しようと、長白山脈から琿春にわたる線を前線とした。ここで日本軍を迎撃し、さらに咸鏡鉄道を使って逆に朝鮮へ侵入しようと着々と準備を進めていた。

一方、日本軍もシナ軍の動きはすべて把握していた。

そこで日本軍は、まず戦闘機で徹底的な爆撃を行った。だがシナ軍もこれは予測しており、これに対抗して戦闘機を送り出した。

なにしろこの頃のシナ陸軍は百年前のシナ陸軍とはまったく異なる、優秀な陸軍となっていた。

シナの指導者たちは、シナの国力が衰え、領土面積、人口、資源のどれをとっても日本の数十倍、数百倍あるにもかかわらず、常に日本に左右され、国際的地位も低いままなのは、結局、シナに強大な軍隊がないためだと気づいた。そこで第一次世界大戦以来、軍備の充実に努力し、新進実業家を奨励し、新しい教育制度を整え、義務教育とした小学校でも主に軍事教育と実業とを教え、国民一般にも啓発を怠らなかった。この努力が実を結び、一時分裂していたシナ大陸は統一され、無尽蔵の資源は外資を用いず自国の努力と自国民の手によってドシドシ開発され、軍備もだんだん充実して常備陸軍兵百万、海軍艦艇百万トン余りとなった。その実力はもはや昔の馬賊の集団、烏合の衆などではなかった。

陸軍は一朝事あれば、予備役も動員して、たちどころに一千万の大軍を編成することができ、日本よりも数倍の実力を持っているのである。

戦艦建造技術も進んで、大小の軍艦はすべて自国の造船所で建造し、兵器も多くは自国製で、技術力も飛躍的に高まっていた。

しかも兵器の原料である資源はアメリカ以上に豊富、無尽蔵とさえ言って良い。食糧も豊富だから、数年間ぐらいだったら平気で戦争を継続できる。燃料、とくに石炭にいたっては鉄以上に無尽蔵で、全世界に一億年間供給できるほどである。

この大資源と大兵力を持ちながら、さらにアメリカと共謀して日本に向かってくるのである。その猛烈さは驚くばかりで、さすがの日本人も受け身にならざるをえず、日露戦争においてロシア軍を苦もなく粉砕したように容易ではなかった。こうして陸上における日本、シナ両軍衝突の幕は開かれたのだが、分水嶺、摩天嶺付近における戦闘は言語に絶する大激戦で、シナ軍を撃退し、遼河の左岸に迫るまでには、未曾有の努力と犠牲を払わなければならなかった。

第九章　揺れる国際政治

日本軍、メキシコ上陸！

陸軍の一個師団は、第一艦隊が出発した後を輸送船に乗って追っていた。第一艦隊がアメリカ海軍を撃破したら、ロサンゼルスの北方サンタ・バーバラあたりから上陸する作戦だったのである。しかし意外にも第一艦隊が全滅してしまったので、急遽行き先を変更し、メキシコのマンザニロ港に上陸した。

この時はまだメキシコがアメリカに宣戦布告する直前であったが、メキシコ政府も市民もこぞって日本陸軍を歓迎した。

実は、日本政府はこの陸軍の輸送を非常に心配していた。それというのも、この輸送船団は出発以来まったく音信不通となり、アメリカ本土に上陸した形跡もないから、もしかしたら第一艦隊と同じ運命をたどったのではないかと思われたからである。

実際には、輸送船団は第一艦隊全滅の無線電信をとらえると、ただちに行き先をメキシコに変更し、ハワイのはるか南方を航行し、大回りをしてマンザニロ港へ到着したのであった。この間、無線は敵に傍受され、格好の標的となる可能性が高いので、あえて本国と通信をとらずに航行を続けたのである。とはいえ、航海図にないルートをたどったので、この航海は非常な冒険であった。いつ暗礁に乗り上げるか、いつ難破するか、いつ敵艦隊に発見されるか、あらゆる危険を予測し、警戒しなければならなかった。このように慎重に進む必要があったので、全速力を出すわけにもいかず、多大の日数をかけてマンザニロ港にたどり着いたのであった。

上陸した日本陸軍はメキシコ人たちの大歓迎によって、たちどころに疲労も忘れた。そして、メキシコが対米宣戦すると、ゆっくり休養している間もなく、上陸するそばから列車に乗せられ、メキシコ軍と日本人義勇軍を助けるべく、国境を通過してアメリカに侵入した。

メキシコ密使の太平洋横断飛行

メキシコ共和国は政府国民が一丸となって、日本の危機を救い、共通の敵アメリカに大打撃を食らわすために、唐突、一方的に日墨軍事同盟締結を内外に発表し、ただちにアメリカに宣戦し、稲妻のように素早く軍事行動に移ったのだったが、なにしろ日墨軍事同盟は捏造だから、順序が逆とはいえ、とにかく日本の了解を得なければならない。密約同盟でない以上、必ず同盟国双方が発表するのが国際慣例で、一方的発表など前代未聞である。だから諸外国に日墨軍事同盟を信じさせるためには、日本にも公式に内外に発表してもらわなければならない。緊急避難的に作った同盟だから、なにか問題があればいつでも変更、破棄しても構わないが、日本が「日墨軍事同盟など知らない」などと言えば、メキシコの面目は丸つぶれである。国際的立場も極めて弱くなる。

このためメキシコは急遽、密使を日本に派遣することにした。密使は他ならぬ外務大臣その人である。船では途上、アメリカの艦船に発見される恐れがあり、また日数も要するので、メキシコが保有する最大の長距離飛行機に乗り、太平洋を一気に横断することになった。

密使とその随行員を乗せた巨大飛行機はある日の深夜、煌々たる満月の光を浴びながら大怪鳥のようにその翼を夜の空に大きく広げ、みるみるうちに雲間に舞い上がり、八千メートルの高度を保ちつつ太平洋横断の旅に出た。

オーストラリアの猛抗議

日本、アメリカ、シナ、メキシコを巻き込んだ戦乱のありさまは以上のようであったが、ここへきて、戦乱をさらに混乱させる問題が起こった。すなわち、日墨軍事同盟と、メキシコのアメリカへの宣戦布告に対する、オーストラリア共和国の猛抗議である。

オーストラリアは長い間、イギリスの属領であったが、第一次世界大戦によってその国際的地位を急速に高め、一九二〇年頃にはすでにイギリス領というのも有名無実となり、その後、純然たる独立を得て、国際社会で華やかな地位を占めていたのである。

しかしオーストラリアは、地理的、人種的、政治的、軍事的、あらゆる点からして、対日本との利害関係はアメリカと共通していた。だからオーストラリアは陰に陽にアメリカと意思を通じて日本の邪魔をし続けてきたのである。

これは日米開戦前においても同様で、オーストラリアはイギリス、フランスと手を結んでアメリカの味方について、日本を圧迫して屈服させようと試みたのだが、それがかえって日米開戦を早める結果になったのであった。開戦後、オーストラリアはアメリカを勝たせようと外交的努力を行ったが、戦局は思わしくなかった。なにしろメキシコが参戦して日墨軍事同盟を発表するし、メキシコ軍は実際、アメリカ本土に侵入して破壊の限りを尽くしている。一時は日本艦隊を全滅させたアメリカ艦隊も小笠原近海で全滅し、さらにアメリカ国内ではドイツ系アメリカ人たちが破壊工作を仕掛け、内憂外患に苦しむアメリカは対日作戦に専念できないありさまである。しかも日本陸軍の輸送船団はメキシコに上陸し、陸路アメリカに侵入し、日米の立場は完全に逆転してしまった。

もしもアメリカ敗戦という事態になれば、太平洋の支配権は日本が握ることとなり、オーストラリアもまたアメリカ同様不利な立場に置かれることは間違いない。もはや日米戦争は日豪戦争、太平洋の支配権争奪戦という意味さえ持ってきているのである。すなわち、アメリカ、オーストラリアか、それとも日本が世界の覇権を握るのかという天下分け目の戦いなのである。

それなのにアメリカは内憂外患に苦しめられ、まさに守勢に立たされている。オーストラリアはもはや傍観している場合ではない。秘密裡にアメリカを外交的に援助するだけでは間に合わない。

機会をうかがっていたオーストラリアは、日墨軍事同盟は国際連盟規約に違反するものだという建前を持ちだして、「ただちに軍事同盟を取り消せ」と外交ルートを通じて強硬な抗議をしてきた。しかもそれは二十四時間以内の回答を迫るもので、回答が得られなければ即座にオーストラリア共和国は自由行動を取る、と威嚇してきたのである。

日本、メキシコ両国はオーストラリアの抗議を拒絶

しかしオーストラリアが抗議を持ち込んできた時には、メキシコ外務大臣は太平洋横断という大冒険を終えて日本に到着し、日本政府と交渉を重ね、日墨軍事同盟の事後承諾を求めていた。日本側にしても、アメリカ太平洋艦隊を全滅させたとはいえ、すでに失った第一、第二艦隊を考えると差し引きはまだマイナスで、損害のほうが大きい。さらに石仏博士の三大発明もまだ実用化までに時間がかかる。こうした時にメキシコから提案された軍事同盟は渡りに船であったから、戦争終結後にあらためて各条文を詰め直すことにして、臨時に日墨軍事同盟に調印し、両国共に国会での批准を終えたのであった。

こうした次第だったので、オーストラリアの抗議に答える義理は、もとからない。

日本、メキシコ両国とも、オーストラリアが「日墨軍事同盟は国際連盟規約違反」などと言うのは日糞鼻糞を笑うような話で、オーストラリアは日米開戦前からアメリカと気脈を通じて実質的同盟も同然、またアメリカの行動こそ国際連盟規約違反なのは明らかなのだから、まずその抗議はアメリカに対して行ってみてはいかがかと、冷たくポンとはねの

けたのである。

オーストラリア共和国、日本・メキシコに宣戦

日本、メキシコ両国が抗議への対応を拒絶するのはオーストラリアにとっては織り込み済みであり、まったく想定の範囲内であった。だからオーストラリアは日本、メキシコ両国から抗議拒絶の回答を受け取ると、ただちに両国に対して宣戦布告した。これに応じて両国もオーストラリアに宣戦布告した。

オーストラリアは日本が占領しているフィリピンを襲い、次にシナ艦隊と連絡をとりあって台湾、琉球諸島を襲撃し、さらには青島を攻略し、大連を占領して日本軍の大陸輸送路を遮断して大陸の日本駐屯軍を孤立無援にするべく、作戦行動を開始した。また、第一次世界大戦の結果、日本の委任統治領となったミクロネシア（マーシャル、ラタク、レリク、パラオ、マリアナ、トラックなど諸群島）を占領する計画も発動した。さらに、アメリカ海軍と共同してメキシコの主要軍港を攻撃し、同時にオーストラリア陸軍を輸送してアメリカ陸軍と共同してメキシコ陸軍を挟み撃ちにしようと、大輸送船団を送り出した。

むろん、これに対抗して日本、メキシコも大々的な対抗作戦をとったのである。

世界大戦の序幕が開かれた

こうして日本対アメリカの戦争は、オーストラリア、シナ、メキシコの参戦によって、ついに世界大戦の様相を呈してきたのである。

こうなるとアメリカの味方をしているイギリス、フランスも、日本の味方をしているドイツ、ロシア、ブラジル、イタリアなどの諸国も行きがかり上、決起参戦せざるをえない情勢となった。

もしも諸国が参戦すれば、それは必ず第一次世界大戦以上の悲惨な戦争となるであろう。数千万人の人類は、その肉体を切り刻まれ、あるいは木っ端微塵に粉砕され、あるいは肉片となって飛散し、あるいは骨となって朽ち、あるいは鮮血を濁流のように流しながら死ぬ運命となる。筆舌に尽くしがたい焦熱、阿鼻叫喚の地獄はこの世の至る所に顕現し、戦慄すべき死の乱舞が世界中で演じられるのである。

第十章　戦争と平和

主戦論・反戦論

日米戦争が単なる日米戦争にとどまらず世界大戦へと拡大してゆこうとする時、世界の各知識人たちの主張は主戦論と反戦平和論とに二分された。

主戦論者の主張するのは、結局、人類世界から戦争を絶滅させるのは永久に絶対に不可能であるという主張である。たとえば、こんな演説がなされた。

「諸君！　人間が神にでもならない限り、戦争というものは決してなくならないのだ。あたり前のことだ。戦争とは結局、人間の闘争心、競争心の究極の姿だろう。この闘争心、競争心というものは人間に生まれつき備わっているもので、大自然の進化法則によるものだ。闘争、競争という大自然の法則は一切万物を覆い尽くすもので、永劫普遍の大法則だ。平和論者はこの大法則を無視して世界から戦争を絶滅させようなどとのんきなことを言っているが、それは無から有を作り出すようなもので、絶対に不可能なことだ。魚を人間に変えようとするほうが、まだ見込みがある。地球の場所を太陽系の外へ移すほうが、まだ可能性がある。

世界の平和論者が本気で世界から戦争をなくそうとするならば、まず人間性というもの、それを変えなきゃいけない。でも、なにしろ闘争心、競争心は生まれつき人間が持っているもので、除去は不可能だ。ということは、平和論者の言う永久絶対平和など所詮、無意味であり徒労だ。

たとえ全世界の国家、人類が国際連盟をつくろうとも、それは一時的なもので、間に合わせのものにすぎない。

間に合わせは結局、間に合わせにすぎない。その効力が無効となるや、間に合わせの策は打ち捨てられる。

一時的妥協策に頼って世界平和を達成しようなどというのは大自然の進化法則を無視したもので、むしろ人類の進歩に対する反逆だ。

個人のことを考えてみればいい。みんな、他人よりも優越しようと努力することを、向上心と言うじゃないか。国家も同じだ。ある国家が他の国家よりも優越しようと思うのは、その国家の向上心であり努力であり、要するに、その国民の向上心の成果なんだ。

人間は社会的動物だとか共存する存在だとか言うがね、結局突き詰めれば自己の生存、これがすべてだろう。社会的とか共存というのは、つまるところ、それが自己の生存に有利だからにすぎない。

たとえばここに四人の人間がいて、全員が同居すると各個人の生存に有利な場合、そりゃ当然同居するだろう。しかしそのうちの一人が他の三人と利害の衝突を起こした場合、どうするか。その一人の存在が残りの三人にとって生存を脅かすものだったらどうする。当然、その一人を駆逐するか殺して、残る三人の生存を確実なものにするだろう。人間の生存条件は、必ずしも一律ではないし、共存がベストではない場合もある。

個人でさえこういう次第であるから、個人が多く集まって組織される国家もまた同様なのだ。ある国家と別の国家、あるいは諸国家との生存条件が、この利害が一部、あるいは完全に相反することは大いにあるのだ。一方が一方を完全に排除しなければ生存が危ぶまれる場合、国力の一切を尽くして相手を排除するのは当然のことだろう。

だから戦争は一概に罪悪などとは呼べないものだ。いや、むしろ、戦争は人類が進歩発展するには絶対に必要なものだ。事実は真実を語っている。人類史上、世界は戦争ごとに格段の進歩をしてきたではないか。個人も進歩し、国家も社会も国際関係も進歩している。たしかに戦争の連続は文明の進歩を止めもしよう、退歩させもしよう。だが平和の連続もまた文明の進歩を止め、退歩させ、堕落させるのだ。

そもそも、健全な文明というものは熱帯、寒帯では不可能で、寒暑冷熱のバランスがいい温帯地域において初めて可能となる。インドもエジプトも、結局は健全な文明発達もできずに滅びた。文明は温帯地域に属する国家に移されて、初めて完成した。現在、世界の最高の文明国が熱帯、寒帯、温帯のいずれに属しているか、見てみ給え。

温帯に属する国では、寒暑冷熱の自然作用がその国民に対して常に適切な刺激を与えている。世界政治における寒暑冷熱とは、すなわち戦争と平和である。戦争を完全になくそうというのは、温帯を無理やり寒帯や熱帯に変えようという無謀な試みである。

各国が適切な時期に戦争を行うのは各国の存立を強固なものにし、その文明を進歩させるのに必要なのである。世界戦争とは、世界の大掃除、大改革、大改良の手段であり、世界文明の進歩のためには絶対に必要なのである。

日米戦争も、日米両国が国家存立のために必要ならば、思う存分戦えば良い。他の諸国も日米戦争に参戦する必要があるというのならば、大いに参戦すれば良い。自国には関係ないというのならば完全に部外者として傍観し、絶対に首を突っ込むべきではない。日米どちらかが倒れるまで、はたまた共倒れとなるまで見物していれば良いのである」

これが主戦論者の代表的演説であった。

対して、反戦・平和論者は次のように議論を展開した。

「戦争は人間の野蛮さそのものです。人類の悪性遺伝と言って良い。野蛮時代の悪性遺伝を根絶することは、文明人として絶対に必要なことです。

戦争肯定論者は、闘争心、競争心は人間に生まれつきのものだと言うけれども、これは人間の性格というものは善導、矯正できるものだということを知らない議論です。仮に百歩譲って、人間の闘争心、競争心が生まれつきのもので矯正不可能なものだとしても、それを満たす唯一の方法が戦争であるなどということはありえません。戦争、殺人でなくても文明的方法で闘争心、競争心を満たすことはできるのです。

戦争を世界から撲滅すること、これが可能であることは歴史が示しています。過去を振り返ってみれば、人類はその歴史の歩みとともに戦争の数を減らしてきています。過去へ遡ればさかのぼるほど戦争の数は多く、現代に近づくにつれてその数は減ってきています。この努力をさらに続ければ、戦争を完全になくすことができるのは明らかではありませんか。

人間が結局、個人主義であり、自分さえ良ければいいという生き物で、自分の生存を守るのが一番大事ということは事実かもしれません。しかし人間は孤立していては、その生存を守ることはできないのです。助け合わなければいけません。人類の文明はどのように発達してきましたか。より多くの人間が助け合う社会、国家こそが文明を発達させてきたのです。

他者との摩擦衝突を避け、相互に助け合うことで、個人的利益もより大きくなるのです。一人より二人がいい、二人より五人がいい、五人より百人、百人より千人のほうが、一人一人の努力は小さく、一人一人が受け取る利益は大きくなる。現代の国家という単位が、他のどんな小さな集団よりも一人一人の国民に大きな利益を与えていることを見れば、明らかでしょう。

個人が完全に独立して、自分勝手な行動をしていれば国家は成立しないし、個人同士が相争う野獣のごとき生活となるでしょう。そういう野蛮状態では個人の幸福も安全も生命財産も守られません。日々、恐怖と不安に耐えなければなりません。個人の努力によって得られる利益だって、たいしたものではない。

しかし力を合わせて協力していけば、その幸福と利益は数十倍、数百倍になります。実際、国民の団結力が強い国家はますます強くなり、団結力が弱い国家はますます弱くなっているではないですか。

国家の力が強くなれば国民の幸福はますます高まる。国家の力の強化とは国民の団結力です。これは戦争肯定論者だって認めざるをえない事実であり真理です。一つの国家の中で国民が団結できるのならば、同じ人間である世界すべての人類が団結できないという理由はありません。

もちろん、一つの国家の中でも国民間の利害は必ずしも一致しない。地方によっても事情は異なる。たとえば、都会生活者と地方の人では生活環境がおおいに異なる。都会生活者にとっての利益は地方生活者にとって不利益となることもあるし、地方生活者にとっての利益が都会生活者にとって不利益となることもある。また、同じ都会生活者同士でも、住んでいる場所、生活環境によって利害が一致しないことがある。

しかしこうしたことは行政の調停、国民相互の譲り合い、妥協によって円満に処理することができ、現にそのように実行しているのです。国民の間で譲り合い、妥協が平和のうちになされているのですから、これが世界人類すべての間で実行できないはずがありません。

戦争を人類社会から根絶し、永遠平和を達成すること、世界人類が互いに譲り合い、妥協し、共存共立し、大団結することは決して空想でも夢想でもありません。世界人類の一人一人が熱心に努力すれば、必ず実現できることなのです！」

このまったく相反する戦争肯定論と反戦平和論は、中立国はもちろん、日本、アメリカ、オーストラリア、シナ、メキシコの各交戦国内部でも猛烈な論戦となり、デモも行われ、両者はまったく譲らなかった。

別な観点から見れば、こうした二大議論が行われるということは、国際連盟に対する不信任案に他ならなかった。戦争論者も平和論者も、従来の国際連盟がまったく無力であることを認めるという点では一致していたのである。

もちろん、国際連盟も第一次世界大戦後に成立した当初の姿からはずいぶんと発展していたのではあったが、日米戦争を未然に防げなかったことで、結局、国際連盟の無力さを白日のもとに晒してしまったのである。戦争論者が、国際連盟など頼れるかと罵倒し、むしろ世界を二大勢力に分割し、その二大勢力の対峙均衡によって平和を維持したほうが安全保障にとって有効だと主張したのは、あながち暴論と退けるわけにはいかない議論だった。

戦争論者は次のように議論した。

「国際連盟加盟諸国は連盟成立以来今日まで、本気で、誠心誠意、戦争を防止しようと努力してきたのか。連盟規約には、加盟諸国は将来、全軍備を撤廃することを明記してあるが、各国は実際にはこの規約と正反対のことをしてきたではないか。表面上は軍備縮小と言いながら、その実、各国は新兵器の開発に熱中し、いろいろな美名を付けて研究開発費を捻出してきたではないか。一旦戦争が起こったら、すぐさま武器を大量生産できるように着々と準備を重ねてきたではないか。それらの研究、準備を他国に知られないように情報を隠してきたではないか。

国際連盟は戦争を防止することを目的としていながら、その実際は、各国が水面下で戦争準備を進め、新兵器開発を進め、その秘密主義のために相互の不信感が高まり、国際情勢を一層不安定にしただけではないか。

結局、国際連盟のような場当たり的、思いつきにすぎない平和主義がかえって戦争をもたらしたのだ。

戦争が人類の罪悪だというのならば、国際連盟によって各国の生存と発展を抑止するのも残忍きわまりない罪悪じゃないか。人間には他人を殺す権利など無いと言うのならば、人間の生存、発展を抑圧する権利も誰も持たないのだ。

個人においては生存競争、優勝劣敗を認めておきながら、国家において生存競争、優勝劣敗を認めないのは矛盾、不自然、邪悪、非道理、無法、横暴である。

正当な理由による革命は世界の誰もが認めるのに、正当な理由による世界秩序の革命すなわち戦争を認めないのは矛盾、不自然、邪悪、非道理、無法、横暴である。

国際連盟が本当に各国の利益、各国民の幸福と安全を保障するならば、国際連盟はなるほど、存続させるべきであろう。だが、どこかの国民がその安全と幸福を奪われるというのならば、国際連盟は断じて公平なものではなく、存続させる理由はない。

現実を見よ。国際連盟がその成立以来、特定の国民に圧迫を加え、幸福を奪い、発展を阻止してきた事例は二、三にとどまらない。

理由のいかんを問わず、各国の正当な権利、利益を妨害し侵害することは罪悪であり不法行為である。国際連盟がやってきたのは、まさにそういう不法行為だ。国際連盟が無数の国家国民の権利、利益を侵害し妨害し抑圧してきたのは事実であり、それは不法行為であり、巨大な罪だ。

諸君、国際連盟は有害にして無益だ！　このようなものはただちに破壊し、破棄し、諸国家はただちに自由行動を取るべし！」

このように主張したのであった。

国際自由同盟の風雲、動く

こうして戦争論者と平和論者との論戦は、中立国、交戦国を問わず、あらゆるところで猛烈に行われたのだが、それは言論にとどまらずに、ついには世界大会を開催する大運動にまで発展した。まず平和論者たちが世界大会実行の運動にとりかかり、これに対抗して戦争論者も大会開催の準備に取り掛かった。

ベルギー、オランダ、スイスなどの平和主義者は無線によって各国の平和主義者に檄を飛ばし、三カ国中適当な場所で世界平和主義者大会を開催し、日米間の調停、国際連盟規約の改定を討議することとなった。

一方、戦争論者も同様に檄を飛ばし、大会を開催して、国際連盟の解散、自由同盟結成を討議することとなった。

こうして両者の論戦は、二大国際大会の開催という激突となったのである。

困ったのは各国政府で、一方の大会出席者に旅券を交付すればもう一方の大会出席者にも旅券を交付しなければならない。どちらかに交付してどちらかには交付しないなどということはできない。各国政府は相反する主張をする出席者たちに同時に旅券を交付すべきかどうか、悩みに悩んだのである。

なにしろ各国政府内部にも戦争論者と平和論者が入り乱れていて、政府としての意見もなかなか決定されなかった。

「両方に旅券を出して、自由に議論させればいいじゃないか」

「いや、世界平和は世界人類全体の希望であり心からの叫びだ。戦争論者などは人間を動物化しようとする連中で、文明の敵、人類共通の敵だ。そんなやつらに旅券を交付するなど、国家の恥、国民の不名誉だ」

「何を言うか、国際連盟などというくだらないものに取りすがって、その実、世界を不安定にしてきたのが平和論者だろう。そんなやつらに旅券を交付することのほうが国家の恥、国民の不名誉だ」

こうした調子で、議論は延々と続き、どの国でも政府の見解がまとまらなかったのである。政府としては、どちらか一方に与することはできない。平和論者も戦争論者も、共に自国民の権利、利益を守り、発展させたいという思いは同じで、その誠意には疑問の余地はないからである。平和主義者が善良な国民であるならば戦争論者も善良な国民で、平和主義者が非国民なら戦争論者も非国民ということになる。

そこで、各国政府はいずれの側にも旅券を交付しないことにして、各国の世論を公平に代表する政府委員を派遣して、国際大会を開催することに決定した。

世界諸国の政府委員による国際大会はスイスの首都ベルンで開催されることになり、各国は正委員一名、副委員二名、政府顧問十名以内を出席させることになった。

こうして国際大会は開催され、多大な波乱を経て、とにかく、戦争がどの国にとっても望ましいことではないということについては一致した。さてそれでは、現在起きている戦争をどのように収束させるかという問題については、国際連盟改造論と国際自由同盟論とに二分された。

国際連盟改造論というのは、現在の無力な国際連盟を作り替えて絶対的権威をもたせようというものである。これに対して国際自由同盟論は、国際連盟の無力さはどんなに改造したって変わらない、だから断固解散し、各国は自由に他国と同盟を締結し、力の均衡によって国際平和を実現しようというものであった。

結局、とりあえずは国際連盟を改造して平和維持に努め、その後やはりダメだったら国際連盟を解散しようという妥協案が成立し、ひとまず会議は終了した。

しかしこれも、国際連盟成立時と同じで、すべての国が満足した結果ではなかった。むしろ、もはや国際連盟の無力さに愛想をつかして、自由同盟によって平和を維持したいと思っている国が少なくないことが明らかとなったのである。

いわば、国際連盟の時代は過ぎ去り、国際自由同盟の時代に入ろうという機運が高まっていた。場当たり的な手段で平和を維持するよりも、各国の実力によって、積極的武装によってむしろ平和を維持しようという機運が台頭してきたことは、世界のすべての国民が認めざるを得なかったのである。

歴史は常に繰り返すということが真理であるならば、時代は国際協調の時代から実力主義の時代に戻ってきたのである。

さて、世界の永遠平和ははたして国際連盟によって達成されるのであろうか、それとも実力主義による国際自由同盟によって達成されるのであろうか……？

中立国が団結して講和を提議

日米戦争はメキシコ、オーストラリアの参戦によって急転し、その性質を一変させ、世界大戦の様相を呈してきたのだが、世界大戦の結果がどれほど悲惨なものになるかは、一九一四年に勃発した第一次世界大戦によって痛切に経験している。できることならば、すみやかにこの戦争の終結をはかり、世界的に拡大するのを未然に防ぎたいという思いは、中立諸国に共通していた。アメリカに好意的中立な立場のイギリス、フランスも、日本に好意的中立な立場のドイツ、ロシア、イタリア、ブラジルなどの国も、やはり世界大戦となることを危惧していた。

そこでイギリス、フランス、ドイツ、ロシア、イタリア、ブラジルを除く、完全に中立な諸国は急遽《きゅうきょ》集まって講和調停について意見交換をした。そして、絶対無併合、無賠償の調停案を発表し、上記の各国に働きかけた。こうして中立諸国が共同して交戦各国に講和調停案を提示したのである。

ところがこの中立国による講和提議に対する反応は、日本とアメリカの間に大きな違いがあった。いや、まったく正反対の回答となったのだ。

日本は、もともと今回の戦争は日本の意思により起こしたものではなく、ひとえにアメリカによる挑発によるものなのだから、敵側が講和を欲するのならば日本はいつでもこの調停案を基本に講和会議に参加することに異議はない、と応え、メキシコも同調した。

ところがアメリカとオーストラリアは、断固として勝敗を決するまで講和には応じない。そもそも今回の戦争はアメリカが挑発したから起こったのではない、日本の野蛮な侵略主義、不正邪悪なたくらみによるもので、自衛上やむなく戦っているのであるとして、中立国の提議を退けた。

とはいっても、アメリカ側は強硬な態度を示してはいても、その実、この際、講和したほうが有利であることを充分わかっていた。適切な時期に講和に応じる準備はあったのだが、中立国に促されて講和するのでは、いかにもアメリカには戦争遂行能力がないと見透かされる。これを恐れたための強がりであった。

オーストラリアはどうかというと、こちらはアメリカと異なり、戦争を続ける気が満々である。すでに日本の戦争能力がどれほどであるかがわかっているので、アメリカと連合して作戦を遂行すれば、必ず近い将来に日本を無条件降伏させることができるという確信があった。だから、アメリカ政府がオーストラリア政府に対して内々に講和に応じる意思があるかを打診してきた時、オーストラリアは断固、戦争継続を主張したのである。さらにオーストラリアはアメリカ政府に対し、戦争継続のためには、アメリカ国内の獅子身中の虫である在米ドイツ人、ドイツ系アメリカ人すべてを検挙拘禁して、彼らによる破壊工作、陰謀活動を一掃せよ、そして共同して対日戦争に全力を尽くせと迫った。

アメリカ国内においてもジャーナリズムはオーストラリアと同様の主張を行い、在米ドイツ人、ドイツ系アメリカ人を拘禁しろ、今のうちに殺してしまえ、たとえ講和したとしても、必ず近い将来、日米は再び戦争することになるのだ、と主戦論を展開した。

平和回復

しかしアメリカ政府は、オーストラリアや国内のジャーナリズムが論じるように戦争継続をできない事情があった。その大きな理由は二つあって、一つはアメリカも情報を得た日本における石仏博士の三大発明、もう一つはアメリカ国内におけるドイツ人、ドイツ系アメリカ人による陰謀破壊工作であった。

日本の三大発明がわずかでも製造され、実際に戦争で使用されれば、アメリカが唯一の頼みとする電波利用空中魚雷だけでは対抗することは不可能で、それどころか、戦争を継続すればするほどアメリカは不利となり、ついには日本の前に無条件降伏する可能性すらあった。たとえ近い将来、再戦することになるとしても、ここは一旦、引き分け的な講和をしておいたほうが得策だったのである。

オーストラリアは持久戦に持ち込めば必ず日本に勝利できると確信を持っていたので、なかなか講和に応じようとしなかったが、中立国の調停をあくまでも拒絶していると、国際世論から非難を受けるだけでなく、中立国全部を敵に回しかねない。あたかも、第一次世界大戦時のドイツ、オーストリアのように、世界を敵に回して戦争をするはめになりかねない。こうした事情により、ついにオーストラリアも不承不承、講和に応じることになった。

こうして情勢は大きく変わり、講和会議はスイスの首都ベルンで開かれた。

日本、メキシコ、アメリカ、オーストラリア、シナの交戦五カ国の講和委員はもちろん、イギリス、フランス、ドイツ、ロシア、イタリア、ブラジル、ベルギー、オーストリア、ハンガリーなどをはじめ、大小数十の中立国からも委員が出席し、講和の議論が行われた。

もちろん議論は紛糾し、会議を重ねること三十数回、日数は百日を超えたが、ついに当初中立国が提案したように、無併合、すなわち領土の移動はなし、無賠償、すなわちどちらも賠償をしない完全引き分けということで平和条約が調印された。

その一カ月後、各国で条約の批准は完了し、ここに、全世界を大戦乱に巻き込もうとしていた日米戦争は、ひとまず終結したのであった。

一時か……？　永久か……？

こうして、日米戦争は終わりを告げた。平和は意外に早く回復された。太平洋を覆っていた戦禍の暗雲は去ったのであるが、これは果たして、永久の平和なのであろうか。それとも、アメリカのジャーナリズムが叫んだように、ほんの一時の平和にすぎない、仮の平和なのであろうか。日米は再び戦火を交える時が来るのであろうか。

（了）

解題

本解題では、第一部で『超訳 小説・日米戦争』の各章ごとについて、現代のわれわれが読み取るべきポイントを解説する。

第二部では、本小説全体から学び取れる要点を現代のわれわれにひきつけて考察する。

原著『小説 日米戦争未来記』は、大小あわせて59の章立てをしているが、本書では煩を厭い、大きく10章に整理した。それぞれについて、順次、われわれが学び取るべき点を解説していく。

第一部 各章の解説

第一章 情報戦に勝利せよ

まず冒頭では開戦の知らせに熱狂する国民の様子が描かれている。国民は「緊張しつつ熱狂し、熱狂しつつ緊張し、むしろ軍人たちよりも戦意は高揚して」いたのだが、これは実際の1941年12月8日、真珠湾攻撃による日米開戦時の雰囲気を見事に言い当てている。

第一次大戦後、世界秩序は国際連盟によって保たれるかのように思われた。だが実際には国際連盟にアメリカは加盟せず、経済力によるアジア進出という帝国主義的野心を隠してはいなかった。当時の日本人は、「アメリカは帝国主義であり、必ず日本と利害が対立する」「そのくせ、表面上は正義、人道を掲げる、二枚舌だ」と認識していた。これは現下流行の反米主義にも通底する認識であろう。特に日本人は儒教の影響で、「巧言令色《こうげんれいしょく》鮮《すくな》し仁《じん》」を心底から嫌う風潮がある。反米は理屈ではなく、気分、感情的なものとして国民の間に染み込んでいた。だからこそ、冒頭の国民的熱狂があるのだ。

アメリカが仕掛けてくる情報戦に、日本はなすすべもない。ロシア、中国、朝鮮との間にくさびを打ち込み、日本を太平洋で孤立させようとする。日本は国際連盟による調停にすがるが、連盟諸国の中でも親米の国と日本に同情的な国とがあり、イギリス、フランスという大国が親米なので、国際連盟もあてにはならない（なお、現実の史実として、アメリカは国際連盟に加盟しなかったが、近未来小説である本作品では、アメリカも加盟したことになっている）。

ここで樋口は情報戦の重要性を指摘している。

現在、日本は熾烈な情報戦を戦っている。とりわけ、韓国による慰安婦をめぐる情報戦では大きく後れを取っているし、それに対する日本の政治家の反応も、これが情報戦であり、すでに事態は深刻になっているという認識に大いに欠け、むしろ日本の国際的立場をあやうくしているほどである。

韓国は慰安婦問題を国際化することによって、日本はナチス・ドイツと同じ犯罪国家であるという印象を国際社会、特にアメリカに植えつけ、竹島問題に関して有利な状況を作ろうとしている。

この情報戦はアメリカの一般市民に浸透し、彼らは「自分の娘が誘拐され、慰安婦にされたら」という意識でこの問題をとらえている。実際、ニューヨークの市会議員は慰安婦をホロコーストと同列にとらえた発言をしている。

「米国で、第2次世界大戦でユダヤ人を弾圧したナチス・ドイツの蛮行を知らない人はいないが、日本軍慰安婦の存在を知る人は多くない。慰安婦被害者は、ホロコーストの犠牲者のように同じ歴史の被害者だ。これをホロコーストのように広く知らしめることに力になりたい」

18日、米ニューヨーク市クイーンズのフラッシング地区のオフィスで、東亜（トンア）日報のインタビューに答えたピーター・クー市会議員は、フラッシング地区に「第2の記念碑」の建立と「慰安婦『追慕』通り」の指定を推進している。海外で初めて米ニュージャージー州パリセイズ・パーク市に建立された慰安婦記念碑に続き、ニューヨーク市でも慰安婦問題を知らしめることを推進しているクー議員の行動に、日本人が連日抗議の書簡を送っており、米メディアも注目している。

クー議員は、「私たちが推進する事業は反日本的な事業ではなく、人類の長年の価値である人権の問題だ。日米関係の悪化を指摘する日本人の主張を受け入れることはできない」とし、「日本はホロコーストの被害者に謝罪したドイツのように、まず謝罪する姿勢を示さなければならない」と強調した。

（2012年5月21日、韓国・東亜日報日本語版［電子版］）

たとえば、アメリカ人が奴隷制度について、「当時の常識ではそれは当然だった」と発言すれば、即座に社会的に制裁されるだろう。同じように、日本の政治家が「慰安婦はいなかった。軍人相手の娼婦にすぎない」、「すべては日韓基本条約で解決済みだ」との認識を声高に主張しても、それは現在の国際的価値観である人権に対する挑戦と受け止められるだけだ。

もちろん、日本人としては当時の「常識」を考慮せずに一方的に非難されることに対して割り切れない思いを抱えるだろうし、人権を掲げるアメリカが実際には人権を踏みにじるようなことを世界各地で行っていることを指摘したくもなるだろう。それが、大正9(1920)年から現在に至るまで日本人がアメリカに対して抱く「二枚舌」という不信感なのだ。

だが現実に国際政治を動かす「ゲームのルール」は、それぞれが正論をぶつけあうことではない。いかに味方を多く作り、国際世論の転換を図るかだ。

樋口の小説では、反アメリカ的なロシアとドイツを動かすことにより、イギリスとフランスもしぶしぶとアメリカ非難決議に賛同させた。

慰安婦問題をめぐっては、ホロコーストと同列に並べることにより、ユダヤ・ロビイストと韓国ロビイストが結託するという最悪のケースが想定される。情報戦にこれ以上負けないためには、至急、日本政府、外務省、有識者などが在米ユダヤロビーに働きかけるとともに、東京のイスラエル大使館、またイスラエルではイスラエル首相府、外務省、さらにモサド（諜報特務庁）とも緊密な連絡を取り、慰安婦問題に関する日本政府の取り組みについて説明し、本件がホロコーストとはまったく性質を異にする問題であることを理解させるロビー活動を展開する必要がある。イスラエルとシオニスト系のユダヤ人ネットワークが日本の説明と立場に理解を示すことが鍵になる。

さて、小説では日本が情報戦に勝利を収め、国際連盟がアメリカを非難することとなったが、なんとアメリカは連盟決議を無視し、自由行動に踏み切る。史実に照らせば、情報戦に負け、国際連盟を脱退したのは日本のほうであったのだから、この点では樋口の予測は外れた。しかし、日米いずれかが国際連盟を信頼せず、自由行動に踏み切るという構造自体は正確に予測されている。

開戦と同時に、在米日本人30万人が拘束され、あろうことか、モハベ砂漠で新兵器「空中魚雷」の実験台にされようとする。

実際の歴史に照らしても、アメリカは在米日本人を抑留したし、新兵器・原子爆弾を広島と長崎で試したのだから、樋口の予測は当たっていた。

ここで指摘されるのはアメリカの「二枚舌」ぶりである。すなわち、正義や人道を掲げていながら、言っていることと行っていることが逆だ、という指摘だ。

さらにアメリカ政府内部では秘密会議で次のように議論していた。

「たとえ戦後、賠償金を支払うことになったとしても、一人あたり五万ドルとして、三十万人分で百五十億ドルだ。これは敗戦の損失に比べればゴミのような金額だ。非常時には非情な手段が必要だ。われわれアメリカ政府は、アメリカの領土と富と国民すべてを守るためには、必要な手段はすべてとるべきであり、それが正義であるかどうかなどと考慮する必要はない。なにしろ、国家を防衛し、滅亡を防ぐことは、一切の法律、一切の道徳を超越した至上絶対の使命なのだから」

このように冷然と言い放ち、この発言に会議の出席者は誰一人として異議を唱えなかったという。これこそ、アメリカの正体が、所詮は黄金万能主義・資本全能主義にすぎないことを明らかに示している。

（本書74ページ）

現在でも、日本国内ではアメリカに対する「二枚舌」批判の言説が多く流通している。しかし、なぜアメリカは「二枚舌」なのかを考える論者は少ない。せいぜい、「アメリカはずるい」という程度の非難である。

だが、フランスの人類学者エマニュエル・トッドの議論を援用することで、アメリカが本質的に「二枚舌」でなければならない構造が理解できる。

トッドは人類の類型を家族内の相続システムから分類する。そしてそれぞれの類型から、それぞれのデモクラシーの理想形が導き出される。大事なのは、デモクラシーは単一の概念ではないということだ。

たとえば、地中海のヨーロッパ側、カスティリヤ地方やパリ盆地では相続は男女の別なく、厳密な平等相続であった。ここから、「平等」を最も重要な価値とするデモクラシーの概念が生まれてくる。

パリ盆地型デモクラシーでは、平等の理念が絶対的価値を持っており、それが社会的平等にとどまらず、経済的平等をも要求することになる。このため、フランスでは社会主義と革命が蔓延することになった、というのがトッドの見立てである。

それに対して、イギリス、ドイツ、日本では、特定の一人が全遺産を相続する。イギリスの場合、遺言が相続において重要な位置を占める。長男や長女といった生まれた順序、性別にかかわりなく、指名された人間がすべての財産を相続する。ドイツ、そして日本の場合は長子相続型である。

このように特定の一人が財産を総取りで相続する場合、相続できなかった子供に対して何らかの補償が必要になる。構造的に弱い立場に置かれた人間を社会システムとして救済するアファーマティブ・アクションが作用するのだ。たとえば日本の場合、相続を受けられない次男、三男には教育を施し、自立の道を与え、女子には結婚に際して持参金を与えた。ここから、社会的不平等は存在するのが前提で、それを社会システムで解消することを第一とする、社会民主主義的タイプのデモクラシーが生まれてくる。

それでは、アメリカではどうか。アメリカの独立宣言を読むと、アメリカはパリ盆地型の厳密な平等主義に根ざしているように見える。

われわれは以下のことを自明の真理と心得るものである。すなわち、人間は平等のものとして創られたこと、人間の創造主はいくつかの奪うことのできない権利を人間に与えたこと、それらの権利の中には生存の権利、自由の権利、幸福の追求の権利があることである。

（アメリカ独立宣言、1776年）

しかし、そもそもアメリカの建国者たちの多くは非平等的相続システムを持つプロテスタントのイギリス人たちである。こうした平等主義の原則はなじまないはずだ。この問題をトッドは次のように説明する。

意識的なアメリカ的価値観の逆転の問題について論理的に満足すべき解答は一つしかない。すなわち一六五〇年から一七七六年までの間に、人間の差異という先験的な形而上学的確信は、次第に非ヨーロッパ系住民、インディアンと黒人の上に固着するようになった、ということである。こうしたインディアンないし黒人という差異への固着によって、白人のイングランド人の間の差異が消去され、部分的な平等主義的イデオロギーの誕生が可能となったのである。差異の外在化の過程と言ってもよいだろう。実はこのような解答は、独立宣言そのものが示唆しているところでもある。独立宣言は、人間の平等を断定した上で、インディアンを情け容赦を知らぬ野蛮人（merciless savage）と定義し、暗に白人という観念と人間という観念を交換可能なものとみなしているのだ。

（エマニュエル・トッド［石崎晴己・東松秀雄訳］『移民の運命　同化か隔離か』藤原書店、79頁）

簡単に言い換えると、そもそもアメリカは人間の間には差異があることを前提とする非平等的社会で、それまでは白人同士の間で差異を見出していたのが、新大陸でもっと大きな差異を持つ人種と出会ったことで、白人とそれ以外、というもっと大きな対立軸が生まれ、結果的に白人間での差異が解消された、ということだ。すなわち、独立宣言で言う「人間」とは、白人のことなのだ。トッドは次のように続ける。

……導きだされた結論というのは、人種的偏執はアメリカ民主主義が完成に達していないために残っている不備なのではなく、アメリカ民主主義が拠って立つ基礎の一つなのだ、ということである。この解釈を以てすれば、アメリカ民主主義のいくつかの独特の特徴、とくにそれが経済的不平等を受容している点を理解することが可能となる。

（同書、82頁）

ここから樋口のアメリカ観に立ち戻ると、樋口がアメリカ型デモクラシーの本質を突いていることが分かる。アメリカが正義や人道を掲げていても、それは白人の間の話であり、日本人を新兵器の実験台にしても、なんとも思わないであろうことを正確に予測しているのだ。

樋口ほど鋭敏でないにしても、アメリカの「二枚舌」不信は当時の国民の間に蔓延していただろう。日露戦争後、日本への警戒感から「黄禍論」が欧米世界で広まり、実際にアメリカでは日系移民排斥運動も起こっていたし、１９１９年パリ講和会議で日本が「人種差別撤廃」提案を行うと、特にアメリカの反対によって否決された経緯があるからだ。

だが樋口が鋭いのは、アメリカ型デモクラシーの分析だけではなく、「ドイツ人一青年」が日本の味方になるという想定である。ここには二つの洞察が込められており、トッドの類型分析と同じように、同じ長子相続型のドイツと日本は親和性があること、そして、日本はアメリカのような「二枚舌」ではなく、真の意味で人道主義的であって、その道義性によって国際的信頼と支援を勝ち取る、ということだ。

この道義性については、後に詳しく述べる（第六章解題）。

第三章　熱狂を警戒せよ

樋口が月並みなベストセラー作家であれば、日本が快進撃し、ホワイトハウスを占拠するぐらいの空想小説を書くことぐらい簡単であったはずだ。しかし、本章では読者の期待を裏切り、アメリカの新兵器の威力の前に、日本艦隊はなんと全滅してしまう。ここで、樋口が本小説を「日米戦争回避のために書いた」というのが本心からだということが分かる。アメリカに対するうっぷんを晴らし、読者の溜飲を下げさせるために本小説は書かれたのではない。このまま日米が戦争に至れば、日本がどのような目に遭うかを、冷静に分析、予測し、警告しているのである。

日本は第一次世界大戦では戦闘らしい戦闘を行っておらず、第一次世界大戦で戦争の形そのものが新兵器の登場で変化したということを皮膚感覚で理解していなかった。このため、小説内では、日露海戦でバルチック艦隊に勝利した体験を引きずったまま、「日本艦隊は世界で無敵」と思い上がったままアメリカに戦争を挑み、全滅させられてしまうのである。

本章でのポイントは、全滅そのものよりも、その後の日本国内の対応ぶりにある。まず、東京大本営の秘密会議だ。

日本海軍第一艦隊全滅という凶報に接した大本営はただちに秘密会議を開き、対応を協議した。まず、開戦早々のこの大敗北を国民に発表すべきか。

日本国民全員が、日本艦隊が全滅するなど夢にも思っていないのである。必ずアメリカ艦隊を撃破すると信じ込んでいる。そして数日のうちには北米大陸に日章旗が翻るに違いないと期待している。

そんなところへ第一艦隊全滅などと発表しようものなら、国民の高まった戦意はたちまち喪失し、大敗戦に至ってしまうのではないか。だからこの情報は秘密にして大本営で握りつぶし、次の作戦で勝利してから発表してはどうか、こんな議論がなされた。

（本書94～95ページ）

樋口は政治エリートの思考を正確に洞察している。

私は外交官としてモスクワの日本大使館に駐在していた頃、元ロシア国務長官ゲンナジー・ブルブリスから大きな影響を受けた。ブルブリスはエリートを3種類に分けて考えた。第一は旧来型エリート、第二は偶然のエリート、第三は未来のエリートだ。ブルブリスの言うエリートは、政治、経済、文化、軍事などすべての分野でのエリートを指しているが、ここでは政治家と高級官僚からなる政治エリートに限定して考察を進める。

第一のタイプは、旧来型システムを動かすのには長けているが、新しい事態に対処することができず、根本的に無責任体質だ。日本で言えば民主党への政権交代前の、土建依存体質の政治家だ。

第二のタイプは、過去十数年の政局の変動で生じた「小泉チルドレン」、「小沢ガールズ」、「橋下ベイビーズ」といった、ポピュリズムの風のおかげで大した努力もせずに政治家となった人たちだ。

第三のタイプは品性とリテラシーの高い、将来、責務を担うことができる政治家たちだ。こういう政治家を今後、国民、マスメディア、有識者がそれぞれの立場から応援して育てていくしかない。

樋口が想定しているのは第一のタイプの政治エリートが、日本艦隊壊滅という事態に直面した時、どういう思考をするかだ。このタイプは無責任体質なので、まず責任回避を考える。だから、国民の戦意喪失を恐れて、という理由をつけて、事実を隠蔽しようと考える。

実際の史実と照らしあわせてみると、樋口の予想は逆の方向で当たっていた。小説では日本艦隊全滅は正直に国民に知らされるのだが、ミッドウェー海戦ではどうだったろうか。


とくに、ミッドウェー海戦では、日本側は空母4隻を失う損害（沈没）を出していたにもかかわらず、それに関する大本営発表で「1隻沈没、1隻大破」と半分以下にその損害が削られて発表されていた（1942年6月10日）。このとき、海軍報道部では、「国民に負けたという事実を知らせ

て、奮起を促す必要がある」との判断から、日本側の空母の損害について「2隻沈没、1隻大破、1隻小破」という、より真相に近い発表案が提案されていた。しかし、海軍作戦部の「国民の士気と戦意の喪失を避ける」という強い反対から、上記の「1隻沈没、1隻大破」が実際に発表された。同時に発表されたアメリカ側に与えた損害については「空母2隻沈没」(実際は1隻沈没)とされていたから、これは国民にとっては「日本側がやや有利」、すなわち、「日本は負けなかった」という情報が流されたことに等しかった。

(相澤淳「大本営発表とミッドウェー海戦」防衛庁防衛研究所戦史部『戦史研究年報』第7号 2004年3月)

国家の危機管理として、国民にどの程度の情報を公開するかは、たしかに簡単な問題ではない。国民への心理的悪影響がパニックを生み出す可能性もあるからだ。かといって、情報を隠し続ければ結果的にそれは政府への不信を生み出す。大事なのは、政治エリートが判断を下すときに、その責を自ら負う覚悟があるかどうかだ。そうした判断のためには、個人的利害を超えた、超越的な判断力が必要となる。戦前の日本の言葉を使うと、「大御心《おおみごころ》に照らして恥ずべきところはないか」、ということだ。これが第三の「未来のエリート」に必要な資質、自分の利害を超えたところで判断を下すことができる能力だ。

樋口はそこまで述べていないが、この第三のエリートを育てることができるかどうか、それが現在の日本政治の最大の課題だ。

次に、日本艦隊全滅の報せを受けた日本国民の様子について確認しよう。心神喪失した日本国民は、日本国内で暗躍するスパイ探しに熱中する。これも劣勢に置かれた国民の行動類型をよく洞察している。

戦時中、駐日本ドイツ大使館に勤務していたエルヴィン・ヴィッケルトの回想録を見てみよう。東京大空襲直後の記述である。

C氏は自分も明治神宮外苑まで走っていこうとしたが、逆方向から来た日本人にそこまで行くのは無理だろうと言われたという。だが、それでもなんとかたどりつき、茂みのなかに寝床をつくろうとしていたところ、四人の日本の若者に襲われた。彼らはC氏を追いまわし、こん棒で殴った。その後兵士も暴行に加わり、銃剣で彼の靴を刺し、腕にも刺し傷を負わせた。

彼は兵士のひとりにパスポートと警察の証明書と小田原への定期券を見せ、やっとドイツ人だということをわかってもらった。それまではパラシュートで降下したアメリカ人だと思われたらしかった。若い連中は徐々にいなくなったが、ひとりが振り向きざまに青竹でC氏の頭に一発くらわせた。彼の鼻の上にはななめにシャベルで打たれたすり傷ができていた。

（エルヴィン・ヴィッケルト〔佐藤真知子訳〕『戦時下のドイツ大使館
ある駐日外交官の証言』中央公論社、175～176頁）

言うまでもなく、ドイツは日本の同盟国である。しかし同盟国のドイツ人が実際に、アメリカ人と誤認されて暴行を受けている。

本解説では現実の史実に照らした時に樋口の予測がどれほど正確であったかを指摘しているが、そのポイントの一つは、樋口が冷静に、等身大に日本を見つめていることである。

アメリカ人が在米日本人を拘留し、新兵器の実験台にしようという描写は、嫌米感情の反映と捉えることができるかもしれない。しかし、真の人道主義をもって君臨するはずの日本国民もまた、劣勢に立たされ、熱狂した時には、理不尽な、非文明的な暴挙に陥ることを樋口は正しく描いている。まさに未来予測においては、冷静に、過大でもなく過小でもなく、等身大の自分の姿を見つめることが大事だ。

第四章　「生産の思想」を持て

窮地に陥った日本に、突然希望の光を与えたのが、石仏《せきぶつ》のように寡黙なゆえに「石仏博士」と呼ばれる発明家による、三大発明の発表である。

電波利用空中魚雷はアメリカのものと同様のもので、これは現代では誘導ミサイルと呼ばれている。

宇宙の引力と斥力とを利用した空中軍艦は、未だこれに類するものは現れてはいないが、戦争の概念が陸という平面から空中という空間に移行し、さらに既存の燃料に依存しない兵器という点では、人工衛星の戦争活用が樋口のイメージに近いといえるだろう。

空中魚雷防御機は、敵の電波を妨害、逆用することでミサイルを無効化するもので、これは現在世界で進められているミサイル防衛システム（迎撃型）よりさらに一歩進んで、サイバー戦争による敵兵器の無力化まで見通しているといえる。

先述したように、樋口は第一次世界大戦によって戦争の形が変わっているにもかかわらず、日本の軍備がそれに十分対応できていないことに危機感を持っていた。

すでに一九一四年、第一次世界大戦によって、将来の戦争においては科学力、機械力、発明力、この三つの力が勝敗を決するであろうということは明らかであった。（本書134ページ）

その具体的イメージとして、小説中では電波を利用した新兵器が主力となること、それに対応するには日本も電波を利用した新兵器と、さらに敵の新兵器無力化まで研究開発する必要があること、さらには資源に乏しい日本は、既存のエネルギーに依存しないまったく新しい動力による新兵器を開発すべきことを指摘している。

実際の歴史と比べた時に、ここでは「大和魂」とか「精神力」などということが一切語られていないことに留意したい。戦争とは思想戦である。樋口は正しく、「科学力、機械力、発明力」、さらには大量生産が必要なことを指摘している。一言で言えば、「生産の思想」ということだ。しかし日本はこの「生産の思想」を実際には持てず、物量の制限を無視して「大和魂」という観念論に陥った。日本が発明したのは石仏博士の空中魚雷ではなく、人間魚雷「回天」だったという事実、この思想的敗北を、真摯に受け止める必要がある。

本章の白眉は、長大な「石仏博士の大獅子吼」（本書133〜140ページ）である。現代の読者は「大獅子吼」と言われてもピンとこないかもしれない。もともとは仏教用語で、百獣の王であるライオン（獅子）がひとたび吼《ほ》えれば、他の動物たちは恐れ畏《かしこ》みて耳を傾けることから、仏が説法するさまを表すのに用いられた。そこから転じて、凄まじい勢いの、聞くものを圧倒する熱弁のことを言う。

実は、石仏博士の人物造形にも樋口の工夫が凝らされている。まず、石仏博士はあくまでも民間人である。次に、将来の日米対立を見越し、私財を投げ打って新兵器開発に没頭する愛国的研究者である。

こうした設定が、博士の大獅子吼――これは作者・樋口自身の演説そのものと考えても良い――を一段と説得力あるものにしている。

小説中の石仏博士の演説要旨をさらに要約すると、次のようになる。

①国家も民間資本も、将来の戦争に備えた技術革新を怠ってきた
②国際連盟を信頼するあまり、戦争の可能性を軽視してきた
③今後、国家も民間資本も、積極的に民間の発明家を保護奨励し、国民の発明心を奮起させよ

石仏博士のような人間がたまたまいたから良いようなものを、もしいなかったら、日本は壊滅していたかもしれないではないかと、説得力を持たせているのである。

当時はトーマス・エジソン（１８４７〜１９３１）が活躍していた時代で、卓越した個人が新発明によって世界の形を変えるような時代であった。樋口の指摘はこの時代環境の中で考える必要がある。すなわち、当時の日本国家がはらむ構造的問題が指摘されている。

現代は個人での大きな発明は不可能で、国家規模の予算と研究者グループによる共同作業が必要な時代である。また、インターネットが代表的だが、軍事技術が民生化されることによって新しい産業を興す時代でもある。従って、③の予測は現代に適しているとは必ずしもいえないが、しかし、①②については、樋口の警告は生きている。

現代は、新帝国主義の時代である。それはまず第一義的には経済力による覇権争いだが、そうした覇権争いには常に軍事力の裏付けがある。そうである以上、局地的であれ、実際に軍事衝突が発生する可能性は常にある。

現下の日本にとって、軍事衝突が発生しかねない脅威は、中国である。中国を潜在的脅威と表現するのは間違いだ。中国は露骨に帝国主義政策をもって尖閣諸島を奪い取ろうとしている、潜在的脅威というよりも、顕在化した今ここにある脅威なのだ。そうである以上、最悪のシナリオを想定しておく必要がある。この場合、想定すべきは武力開発ではなく、それ以前の問題だ。

たとえば、尖閣諸島をめぐる日中間の最悪シナリオは、武力衝突後における日本の国際的孤立だ。

尖閣諸島周辺の日本領海に中国の漁業監視船などの政府船舶が侵入を繰り返すと、いずれ激しい衝突が起き、軍艦が出動してくることになる。尖閣沖海戦が起きれば、装備も古く乗員の訓練度も高くない中国のおんぼろ艦隊に対して、わが海上自衛隊は圧勝する。中国の地上部隊が魚釣島を強襲した場合、本格的な局地戦争になるが、最終的にはわが自衛隊が中国軍を放逐できるだろう。

尖閣で敗北した中国軍が、報復で沖縄の嘉手納基地や東京・市ヶ谷の防衛省をミサイル攻撃し、日中全面戦争に発展する可能性はない。日中全面戦争になれば、日米安保条約が発動し、米中戦争に発展するからだ。そうなれば壊滅的打撃を受けることを中国指導部は認識している。

ここまでは一見、日本にとって最悪でもないように見える。だが問題はここからだ。尖閣沖海戦で勝利した後、心配しなくてはならないのは、国際的な対日警戒感が急速に強まることだ。日本国憲法第9条は、軍隊の不保持と交戦権の否認を明示している。もっとも自衛権は、国家の自然権である。尖閣諸島は日本が実効支配している日本の領土だ。尖閣諸島が攻撃されれば、日本が自衛権を行使して反撃するのは当然のことである。しかし国際社会は、日本が係争問題を、憲法を無視して武力で解決したと見る。そしてアジア諸国は「平和国家の仮面の下で、日本は牙を磨き、爪を研いでいた。そして、自国の利益を軍事力で解決するという新たな選択をした」と警戒感を強める。

特に、2013年7月29日に、麻生副総理が「憲法改正はナチスの手口に学べばいい」と発言し、政治家による「従軍慰安婦否定発言」がなされるなど、安倍政権下の日本が本気で「戦後レジームの脱却」、すなわち戦後世界秩序の否定、戦前回帰を目指しているのではないかとの疑念が強まっている状況では、とうてい国際社会の理解は得られないだろう。

また、日本の自衛隊が実際に戦闘を行うことを想定して、戦時国際法を研究していると は思えない。尖閣沖海戦では、必ず戦時国際法違反の疑いがある事案が生じる。それを中国は最大限に活用し、国際的に反日キャンペーンを展開するだろう。日本は戦闘に勝利しても、その後の国際世論争奪戦で守勢に立たされると私は見ている。

国内的には、一部に反戦、平和の声が上がるだろうが、尖閣沖海戦に勝利すれば「よくやった自衛隊」という喝采が圧倒的に強くなる。これは、本小説で樋口が描いたような国民的熱狂が巻き起こるということだ。それと同時に、「尖閣戦争で米軍は日本の側に立って戦わなかった。日米安保は役に立たない」という認識が強まり、自主国防論、核武装論が論壇で無視できない影響力を持つようになる。その結果、国際社会の一部に「日本封じ込め」論が台頭する。

読者はこのような世界情勢に既視感を覚えるはずだ。これこそ、第一章で描かれた、「日米戦争に至る経緯」そのものなのだ。

日米が開戦した時、中国大陸情勢はどのように推移するか、あるいは、したか（小説中では、1912年に中華民国が成立しているものの、国土の全領域を実効支配できていなかったので、中国大陸政権を指すためにシナという歴史的表現を用いている。また中国が共産化し、中華人民共和国が設立することは全く予想されていない）。

樋口は、アメリカは必ず日中、日朝の間にクサビを打ち込んでくると予測した。小説中ではアメリカの宣教師などを通じて、朝鮮の独立運動、中国国内の反日運動を援助している。

現代のわれわれが生きている世界とは異なり、本小説では韓国併合（1910年）は道義的問題とはなっていない。韓国をロシアの侵略から保護するのは日本の責務であるという当時の常識にもとづいて記述が進められている。われわれは、すでに100年前の常識を追体験することが難しくなっている。たとえば戦争について現代のわれわれの多くは、絶対に避けるべき絶対悪と認識しているが、当時は国家の存続のためには必要なものであり、平和を維持することは現行の国際的に不平等な立場を甘受することを意味していた。また、当時の帝国主義を前提とした国際社会の常識では、小国は存立し得ないことが大原則だ。エンゲルスはチェコ人を「歴史なき民族」と呼んだが、これは、常に近在の大きな帝国に呑み込まれ、同質化されていく少数民族の運命で、それは歴史の発展法則に合致しているという認識を言い表したものだ。

20世紀初頭の朝鮮半島はまさにこの運命の前にあり、朝鮮内部でもロシア、中国、日本のどこに併合されるべきか議論がなされていた。こうした思考の背後にあるのは、「自然淘汰」、「適者生存」という進化論を社会に応用した社会ダーウィニズムの思想である。

当時の日本の発想には二つの軸がある。まず、帝国主義国家アメリカという脅威を前に、日本が食われるという危機意識だ。一方で、アジアに対しては日本自らが帝国主義政策を行う立場だ。一方では帝国主義に抵抗し、他方では自ら帝国主義を行うという矛盾を抱えていた。

この矛盾を解消するのが共存共栄圏、英語で言えばコモン・ウェルス（commonwealth ＝通常、イギリス連邦を指す）、すなわち日本語で言う王道楽土、大東亜共栄圏という構想になる。

しかし現代のわれわれは、大東亜共栄圏という構想がなぜ敗れたのか、その思想的限界を知っておく必要がある。

私の見るところ、大東亜共栄圏の思想的枠組みは、ソビエト連邦のそれと酷似している。ロシアの社会主義革命は「国家は悪である」ということが大前提だった。しかし、周囲の国家が干渉してくるので、やむをえず、期間限定で（世界共産革命の成功まで）、周辺諸国家に対抗するために国家機能を持つが、これは対抗機能にとどまるので、ソビエトは国家が本質的に有する悪から逃れている。こうして、ソビエト国家に悪は本質的に存在しないという理屈になっている。

大東亜共栄圏もやはり、凶悪な欧米帝国主義に対抗するために一時的に日本も帝国主義を行うが、これは欧米のものとは本質的に性質が異なるので、欧米帝国主義のような悪からは逃れている、という性善説的な思想構成だ。

しかし、悪から完全に逃れているということを前提にしてしまうと、人間の行動には歯止めが利かなくなる。当人にとっては善意であっても、相手にとっては迷惑だという当たり前のこともわからなくなる。特に、それが帝国主義的に他国家の国家体制を変革する場合、単なる暴力よりもひどい苦痛を与えることになる。日本はアジア諸国の病巣を手術し、助けたいという国家意思を有している。しかしまるで、麻酔なしで外科手術を行うようなことをした。結局、患者の側から強い反発と憎しみを買う結果に終わるのだ。

大東亜共栄圏の行き詰まりと、ソ連の崩壊とは、思想的位相は類比的だというのが私の見立てである。

イギリスの場合、戦後もコモン・ウェルスは存続しているが、これはイギリス自身が悪を行っているという自覚があるため、歩留まりが利いたからだ。たとえば、インドでのセポイの反乱（１８５７年）では、反乱軍を追い詰めるのではなく、恫喝と懐柔を用いて降伏させている。そして投降したインド兵はイギリス軍兵士としてアロー戦争（第二次アヘン戦争　１８５６〜１８６０）へ送り出し、中国人と戦わせた。こうして自分の手を汚さずに反乱軍を利用した。

自分の手を汚さないという意味で、大東亜共栄圏やソ連よりもはるかに悪質に思うかもしれないが、人間は直面する敵に最大の憎悪を抱くという心理があるので、イギリスの思惑には当事者がなかなか気づかない。

等身大に自分を見ることの重要性を先述したが、樋口が示す中国観も正確である。日本は日清戦争（１９８４年）で清政府に勝利して以来、その勝利体験のために中国を軽視する傾向があった。小説中に現れる「そらッ、シナのボロクソ艦隊が来たぞ！」といった発言は、当時の大衆の空気を摑んでいるものだ。それを戒めるように、樋口はこう記す。

シナも第一次世界大戦後、大いに覚醒し、全土の統一に成功し、四億の人口が一致団結して国力増強に努めたのである。国際連盟の制約があるから表立った軍備拡張はできなかったが、国民の健康増進と称して国民皆兵とし、徴兵して軍事教練を行っていた。さらに兵器を秘密開発し、あるいはアメリカから秘密裡に購入し、常に非常事態に備えていたので、その軍事力は極めて高くなっていた。（本書148ページ）

敵国は過大にも過小にも評価してはならないのだ。

第六章　国際世論を味方につける

この章で、劣勢に立たされていた日本に局面の転機が訪れるが、それは直接的には日本の努力によるものではない。アメリカを憎悪し、日本に好意を寄せるメキシコが一方的に日墨軍事同盟を発表しアメリカ攻撃に踏み切ったこと、アメリカ国内でのドイツ人およびドイツ系アメリカ人による反米敵対行為によるものだ。

メキシコが永らくアメリカに敵対心を抱いているという樋口の見立ては正しい。しかし、それだけではメキシコが参戦する理由にはならない。

ここで、メキシコそしてドイツ人（およびドイツ系アメリカ人）が日本に寄せる好意がポイントになる。

樋口の見立てでは、日米戦争でアメリカに拮抗するためには、アメリカ本土に上陸しうる同盟国が必要である。しかもその同盟は、日本が道義的国家として尊敬を受けた上で成り立つものなのだ。

ここに本小説の大事な視点がある。本小説ではアメリカは人道や正義を掲げているが、その実、その仮面の下には強欲な意図を秘めた、偽善の国として描かれる。それに対して、日本は真の道義的国家として立ちはだかるというのが大きな対立軸である。

道義国家としての君臨は、たしかに戦前の日本が目指したものであることは間違いがなく、実際、当時の国際基準においてアメリカより人道的に上に位置していた。すでに触れたが、パリ講和会議（１９１９年）で日本は人種差別撤廃を訴えていた。そして、メキシコが反米であり、日本に好意を抱いていたことも歴史的事実だ。

墨国にては排米思想が急速度を以て蔓延しつつあるに対し、人民は一般に日本に信頼するの念を増し、諸新聞は露骨に日本は精神に於て墨西哥《メキシコ》の同盟国なり、故に吾人は国家独立の為には日本と協力して戦ふを辞せずと論じ居れり。「エル・バイ」紙は社説に於て論じて曰く、吾人は将来に於て日本と同盟せんことを欲す。日本は墨国独立の守護者たるべし、然れども此《これ》は米国に取りて由々《ゆゆ》敷《しき》大事なりと。

（『東京朝日新聞』1913年7月15日）

ドイツ人およびドイツ系アメリカ人については、まず、第一次世界大戦の敗戦国であるドイツは確かに戦後体制（ヴェルサイユ＝ワシントン体制）を打破する野心を秘めていた。日米戦争はこの戦後体制を組み替えるものにほかならないから、日本の戦争にドイツが賛同するという見立ては正しい。樋口は第一次世界大戦時に日本の捕虜となった兵士が、その時受けた温情に感激して、日本への感謝をその息子に伝え、その青年が大活躍をするというストーリーを仕立てている。これは実際の歴史とは異なるが、やはり、日本が道義的国家として世界から好意を受けなければならないことを示している。

ポイントは、アメリカの偽善、「二枚舌」に対して、日本が真の道義的国家として国際世論を味方につけるという点である。逆に言えば、国際世論と孤立しては日本は決してアメリカとは戦えないという指摘でもある。そして史実は、日本は孤立へと向かってしまったのである。

これは、現代国際社会に通じる重要な観点だ。現代の国際政治は、いかに国際世論を味方につけるかという情報戦だ。ある人が「自分の周りの人はすべておかしい」と言っていた場合、客観的に見て、そのような発言をしている人のほうが「おかしい」と見なされるだろう。日本がさまざまな問題について「周辺諸国がすべておかしい」と言い募っても、国際世論からは日本のほうが危険視されることになる。情報戦においては、自国の権利や正論だけを主張しても味方は得られない。そこには慎重な謀略《インテリジェンス》が必要となる。

第七章　技術革新

アメリカ本土でメキシコ軍、在米ドイツ人およびドイツ系アメリカ人、在メキシコ日本人による義勇軍が活躍しているとはいえ、日米の海戦の点では、日本の主力艦隊は全滅したままで、空中魚雷を擁するアメリカ太平洋艦隊は刻々と日本へ迫っている。石仏博士の三大発明も、量産が間に合うかわからない。

ここで樋口が持ち出すのが、完全な新兵器ではなく、既存の兵器をさらに強化した技術革新である。すなわち、第一次世界大戦での潜水艦の活躍を敏感にとらえ、来るべき戦争では、さらに技術革新が施された新式潜水艦が海戦で重要になると見通している。

小説では朝鮮海域での「怪艇」の活躍がすでに描かれているが、これも敵の新式潜水艦が脅威となるという認識を示している。だが、こちらにとっての脅威は敵にとっても脅威だ。

決死艦隊の潜水艦は、日本が独自に開発建造した、従来の旧式潜水艦とは異なるまったく新しい兵器であった。五千トンを超える大型艦なのだが、潜望鏡も司令塔もない。艦首に位置・距離測定器が装備されており、これによって二百キロ以内の敵艦の場所と距離を正確に知ることができるので、潜望鏡は必要ないのである。また水中無線電信機があり、これを通じて命令も報告もできるので、司令塔も必要ない。つまり、海面に浮上する必要がなく、何から何まで潜水したまま行うことができるのだ。

水中無線電信機を使えば海上の通常戦艦、空中の偵察機とも交信ができるから、位置・距離測定器と海上、空中の索敵報告とをあわせれば、ほぼ完璧に敵を捕捉可能である。

この新式潜水艦が発射するのもまた新式魚雷で、従来の数倍の威力、一発でも命中すればどんな大型艦でも微塵に粉砕されてしまうという恐るべき威力である。

しかも新式潜水艦の動力は海水を利用した電気動力で、数日間潜航していても電力供給には少しも困らない。その操作も簡単になっているので一万トン級の大型艦でも船長以下五十人程度の乗組員で動かせるし、海水から酸素を得る酸素発生機もあるから、何十日間も潜水しっぱなしであっても窒息するようなこともない。

（本書171～172ページ）

ここで樋口がイメージした技術の多くは、すでに現代で達成されている。さすがに「海水を利用した電気動力」は存在しないが、現代の原子力潜水艦ならば長期間、長距離の水中潜航が可能である。原子力を用い、酸素は海水を電気分解して供給できるから、確かに「何十日間も潜水しっぱなしであっても窒息するようなこともない」。

第四章「石仏博士」で、樋口は「発明力」の重要性を強調しているが、本章では技術革新の重要性が強調されている。

第八章　地政学の重要性

こうして対米戦争では日本が逆転して有利な情勢となるが、一方、中国大陸において、日本は壊滅に近い打撃を受ける。

なぜ、樋口はこのような未来を予測したのか。ここでは「地政学」がキーワードとなる。「地政学」は戦後日本では封印されてきた学問だ。マハン、マッキンダー、ハウスホッファーといった軍人たちによる戦史研究から生じた学問で、簡単に言えば、ある国の命運はその国が置かれた地理的条件によって強い制約を受ける、という考え方だ。

日本では体系的に地政学を学ぶことはできないし、地政学の古典であるマハンらの一連の著作を読みこなすのは余程の知的体力と熱意がなければ難しい。倉前盛通『悪の論理　地政学とは何か』（角川文庫）もあるがすでに絶版で入手は難しく、また冷戦下に書かれたという時代制約もあるので現代に即して考えるには読書の応用力が必要だ。

実は本小説は、地政学的センスを感覚的に身につけられる構成になっている。

なぜ日米は対立する運命にあるのか（本書では「ペリーの来航以来予想されていた運命

の必然」と語られている。／48ページ）。

なぜ日本軍は中国大陸では大敗北を喫するのか。

地政学では、国家を大きく「大陸勢力《ランドパワー》」と「海洋勢力《シーパワー》」に分けて考える。大陸勢力は、ドイツやフランス、ロシアなどで、大陸にあって国境を複数の国と隣接している国家だ。その戦力は陸軍が主力である。これに対し、海洋勢力は文字通り海に取り囲まれた島国で、イギリス、日本、そしてアメリカがこれにあたり、主力は海軍である。

アメリカは大陸勢力ではないかと思うかもしれないが、隣接するカナダもメキシコも本質的に陸軍による侵攻という脅威が除去されているので、南北アメリカ大陸という一つの島と捉えるのだ。現に、アメリカの主力は海軍だ。

当然だが、大陸勢力の海軍は強くなく、海洋勢力の陸軍も強くない。樋口の小説では日本と勝手に同盟を結んだメキシコがアメリカに攻め込むという構想が描かれるが、アメリカと戦うためには国境を接するメキシコを味方につけ、日本とアメリカという海洋勢力同士の争いをアメリカとメキシコとの大陸勢力同士の争いへ位相転換させるという地政学的洞察が秘められている。

海洋勢力と大陸勢力の争いは、おおむね、海洋勢力に有利に働く。戦争では物資の輸送が死活的に重要になるが、輸送については陸路よりも海運（水運）のほうがはるかに有利で、その港湾、および河川を含む輸送路を海洋勢力は圧倒的な海軍力で遮断することができるからだ。ナポレオンに対抗してイギリスが大陸封鎖を行ったのがその典型だ。

もちろん、大陸勢力にも利点はある。海岸、河川から離れた、陸路でしか到達できない場所に本拠地を構えた場合、海洋勢力がそこまで攻め込むのは圧倒的に不利となる。

すると、海洋勢力にとって賢明なのは、大陸に対しては封じ込めを行うことだ。イギリスが大英帝国を築けたのも、ユーラシアおよびアフリカ大陸の主要な港湾、海路を支配したからだ。

問題は、海洋勢力同士は磁石のN極同士が反発するように、ほぼ確実に覇権をめぐって利害が対立することだ。イギリス以前に世界の海洋を支配していたのはスペイン、次にはオランダだった。この両者との戦いに勝利して、七つの海を支配する大海洋国家イギリスが登場した。

海洋国家・日本は、歴史的にこうした海洋勢力とはできる限り敵対状況に陥らないように工夫してきた。江戸時代の鎖国においても、当時の海の覇者オランダとは長崎の出島を通じて交流を維持したし、明治以降はイギリスとの連携を密にし、大陸勢力ロシアと戦うにあたっては、海洋勢力同士で日英同盟を結んだ。つまり、海洋勢力とはケンカをしないという知恵を働かせてきたのだ。

しかし、海洋勢力が帝国主義的に世界分割を進めていくと、奪い合うパイは少なくなっていく。こうして必然的に、遅れてきた海洋国家である帝国主義国家日本と、先進海洋国家イギリスとアメリカの連合軍が対立することになる。

現代の地政学は、軍事技術の革新のためにさらに複雑になっているが、海洋勢力と大陸勢力という基本的な構造自体は変わっていない。海洋勢力が大陸に進出すれば敗北するし、大陸勢力が海洋に進出すればやはり敗北する。日本海海戦でロシアが負けたこと、ベトナム戦争でアメリカが敗北したことなどは、地政学の視座から見れば当然ともいえる。

現在、日本の顕在化された現実的脅威である中国は大陸勢力であるが、海軍力を増強して海洋勢力への転換を図っている。しかし、かつてロシアが失敗したように、私はこれは成功しないと見ている。尖閣をめぐって紛争が起きた場合、日本が勝利すると考える一つの理由は、地政学的な結論による。

樋口は以上のような地政学的見地を持っており、本章で「海洋勢力は大陸に進出すべからず」という原則を示している。

海軍は機動力に優れるが、大陸を占領し、戦線を拡大し、そのための補給路を確保するほどの輸送力はない。海軍で可能なのは沿岸部を攻撃し、占領する程度に留まる。海路（水路）のない内陸部で現地の膨大な敵国兵士と渡り合えるだけの兵力輸送は不可能だ。日中戦争では実際に蔣介石の重慶政権追撃に日本軍は疲弊しきった。

実際の日米戦争では、硫黄島、沖縄決戦という島の占領でさえアメリカ軍は手を焼いた。さらに本土決戦となれば、アメリカ軍の被害はさらに大きくなることが予想されたから、原爆投下による軍事的かつ心理的威圧という手段が選ばれたといえる。

地政学は厳密には学問とは言いがたい。経験則にもとづく、歴史的知恵の集積だ。だがその視座は、地理的制約を基準に自国の立ち位置を考えるという点で、等身大の自国を見つめる有効な道具だ。

日本で今後数十年スパンを考えた時、「ならば戦争だ」などという威勢だけは良い言説が出てくる可能性はある。その時に、地政学的思考は冷静さを取り戻すために決定的に重要になる。

第九章　日米戦争は必ず世界大戦となる

メキシコとの正式な軍事同盟締結、オーストラリアの参戦により、ついに日米戦争は二国間戦争から世界大戦へと移行しつつあった。
オーストラリアについて樋口は地政学的に正しい認識をしている。

オーストラリアは長い間、イギリスの属領であったが、第一次世界大戦によってその国際的地位を急速に高め、一九二〇年頃にはすでにイギリス領というのも有名無実となり、その後、純然たる独立を得て、国際社会で華やかな地位を占めていたのである。
しかしオーストラリアは、地理的、人種的、政治的、軍事的、あらゆる点からして、対日本との利害関係はアメリカと共通していた。だからオーストラリアは陰に陽にアメリカと意思を通じて日本の邪魔をし続けてきたのである。

（中略）

もしもアメリカ敗戦という事態になれば、太平洋の支配権は日本が握ることとなり、オーストラリアもまたアメリカ同様不利な立場に置かれることは間違いない。もはや日米戦争は日豪戦争、太平洋の支配権争奪戦という意味さえ持ってきているのである。すなわち、アメリカ、オーストラリアか、それとも日本が世界の覇権を握るのかという天下分け目の戦いなのである。（本書196～197ページ）

ここでも地政学的視座が大事である。オーストラリアもまた海洋勢力である。イギリスの属領であるが、その国家的利害は太平洋に位置するという関係上、イギリス本国よりもアメリカと共通するところが大きい。

その結果、日米戦争は日豪戦争とならざるを得ない。朝鮮半島ではアメリカの工作によって反日勢力が暗躍し、中国大陸に進出した日本軍は地政学的宿命によって苦戦を強いられる。

ほとんど絶体絶命だが、樋口の構想では、日本はドイツ、メキシコ、ロシアという友好国を得ることでなんとか戦力を拮抗させる。ドイツとメキシコについてはすでに触れたが、ロシアが日本の友好国という設定には読者は違和感を覚えるかもしれない。だが、本小説が書かれた大正9（1920）年という時代、そして本小説が想定しているのはおよそ70年後、20世紀末の世界だということを思い起こす必要がある。

樋口の時代、すでにロシア革命は終わり、ソビエト・ロシアが出現していた。しかし樋口は共産主義革命を本質的脅威ととらえていない。樋口が社会主義・共産主義に無知だったのではなく、むしろ樋口は『誰にもわかるマルクス資本論』という本を書いているのだから、少なくとも『資本論』を読んでいることがうかがえる。

おそらく、本書が書かれた大正バブルの崩壊直後においては、行き過ぎた資本の暴走を是正する社会主義という思想は、樋口にとって抵抗感のないもののように受け止められたのではないかと思う。大正バブル崩壊による景気低迷時に10代だった少年たちが、後の5・15事件（1932年）、2・26事件（1936年）の中心的役割を果たしていくのだが、彼らの発想は「黄金大名（成金）」による政治の壟断《ろうだん》を排除して、國體にあわせて資本主義の暴走を食い止めるというものだ。その点では国家社会主義と親和性が高い。

樋口はロシア革命が長続きしないと考えていたのだろう、本小説では次のように記している。

ロシアは革命以来、過激派の活動によって長い間騒乱状態が続いたが、レーニン、トロツキーらの死後はその過激派も没落し、今では穏健派によって統一され、共和国として順調に進み、国力もかつての帝政ロシア時代とは比べ物にならないくらい増している。

（本書60～61ページ）

レーニンとトロツキーの二人が死ねば、ソビエトは空中分解するという見立ては正しい。1920年当時、ジュガシヴィリという名の青年はソビエトの地方組織で働く無名の人間にすぎなかった。まさかこの青年がスターリンと名を変えて、トロツキーを追放し、一国社会主義を掲げる強固な国家をつくるとは、世界の誰も予想していなかった。

共産主義の脅威が高まるのはスターリンの登場によるものであって、ソビエトによる共産化は、日本の國體変革の現実的危険性を意味していた。逆に言えば、スターリンという特異な個人が出現しなければ、日本にとって思想としての社会主義、共産主義は大した問題にならなかったであろう。

スターリンによる思いがけないソ連の延命があったものの、結果として、樋口が想定した20世紀末にはソビエト連邦は崩壊し、ロシア連邦という共和制国家となっているのだから、樋口の予測は大きく外れてはいない。

第十章　世界はブロック化する

日米戦争は世界各国を巻き込んだ世界大戦へ拡大しつつあった。これは、第一次世界大戦後の国際秩序が崩壊することを意味する。樋口は、二度と世界大戦を繰り返さないために結成されたはずの国際連盟が結局、有名無実化し、戦争は防ぎ得ないことを見抜いていたのである。

第一次世界大戦を思想的にとらえるのならば、それは「啓蒙の終焉」ということだ。「啓蒙」は英語で言えばenlightenmentで、「光（light）を点《つ》けてゆくこと」が原義だ。真っ暗な部屋にロウソクを1本立てると、それまで見えなかったものが少し見えるようになる。2本、3本とロウソクを増やしていけば、部屋の様子はますますはっきりと分かるようになっていく。このロウソクを、理性の光だと思えば良い。人間は理性を身につけることで、迷妄迷信の闇から脱し、理性に従ってより良い世界を構築できる。これが啓蒙主義の基本的な考え方だ。

だが第一次世界大戦はこの啓蒙主義に深刻な打撃を与えた。理性は人を正しい方向へ導くと思われたのに、実際には、理性がもたらしたのは新兵器の数々によるヨーロッパ国土の破壊だった。前線も銃後も関係なく、兵士も民間人も関係なく、戦火に巻き込まれた。

本当に、理性に従うことでわれわれはより良い世界を得られるのだろうか。これが第一次世界大戦を経験した知識人たちが直面した問題だった。

第一次世界大戦後、20世紀思想史を塗り替える思想家たちが次々に登場したが、ある意味、それぞれのアプローチ方法は違うとはいえ、「啓蒙主義、理性への疑念」という同じ問題に取り組んでいたといえる。代表的なものとして、神学者カール・バルト『ローマ書講解 第二版』（1922年）、『教会教義学』の第一巻（1932年）、哲学者ルードヴィヒ・ウィトゲンシュタイン『論理哲学論考』（1922年）、マルティン・ハイデガー『存在と時間』（1927年）が挙げられる。

もちろん、先鋭な思想家が時代の問題点をいち早くえぐりだしたからといって、一気に反啓蒙主義に振りきれるわけではなく、それでも理性の力を信じようとする人々もいる。

本章では「主戦論・反戦論」が描かれるが、主戦論者の言説は、反啓蒙主義の極端なもので、理性に背を向けて、人間の自然な闘争本能を解放することを訴える。それに対して反戦論者は、理性的対話による平和構築を訴える。

この両極端な議論が国際政治の場に移されると、それは、自由同盟（主戦論）と国連中心主義（反戦論）との議論に形を変える。

自由同盟の議論は、利害が一致する国家が自由に連携してゆけば、世界はおのずといくつかのグループにまとまり、そのグループ間で勢力が均衡し、結果的に平和が保たれるという勢力均衡論である。

それに対して、国連中心主義の議論は、それぞれの国の事情もあるだろうが、小異を捨てて大同に従い、ほとんどの国家が合意できる一つの価値観にもとづいて世界の安定を維持しようという、普遍主義的価値観に基づく平和論である。

樋口麗陽はこの二つの議論を中立的に、正しくそれぞれの言い分を描いており、どちらの道をとるべきかについては、読者に思考を促している。

だがおそらく、樋口本人は、時代は勢力均衡論に流れてゆく、つまり、国際連盟は崩壊すると正しく予測していた。それは、政治における普遍主義を理解していれば、おのずと導き出される結論だからだ。

簡単に言えば、普遍主義とは単一の価値観で世界全体を塗りつぶそうという考え方である。普遍主義の中では、個別性や独自性は認められない。簡単で極端な例で考えよう。「人は革靴を履くべきだ」という価値観が世界を普遍的に覆い尽くすとする。すると、革靴を履いていない人は非難され、迫害され、革靴を履くように強制されることになる。もちろんマラソンランナーにも革靴を履いて42・195ロキロ走っていただかなければならない。普遍主義に例外は認められない。走るためのスニーカーを認めるのなら、生活がかかっている漁師にはビニール製の長靴を認めてほしいというように、一つの例外を認めれば他の例外も認めなければならなくなり、それが連鎖すればもはや、「人は革靴を履くべきだ」という普遍的価値は崩壊していくからだ。

もちろん、現実にはこんな価値観が世界を覆うことはない。だが、革靴という具体的なモノではなく、抽象的概念だとしたらどうだろう。たとえば、第二次世界大戦後の世界では、「人権」は普遍主義的概念として行き渡っている。「人権」を侵害する国は国際的非難を受けるし、まして、「人権」に疑いを挟むような発言は非常識と見なされる。これはひょっとして「人権」という名前の革靴なのではないだろうか。

私はここで「人権」という価値を否定しようとしているのではない。普遍主義は、例外、つまり独自性や差異を認めないから、当然、それに対する反発が生じることになる。とくに、伝統的価値観や慣習と対立する。たとえば、世界にはまだ、女人禁制の場所がいくつかある。ギリシャのアトス山、日本だったら修験道の聖地・大峰山がそうだ。これは男女差別という人権侵害なのだから、普遍主義に反する。実際には、こうした問題は人権概念の定義自体を操作することによって回避されているのだが、そのような面倒くさい操作をせずとも、問題を解決する方法がある。暴力によって、女人禁制を撤廃させることである。普遍主義を徹底するためには、究極的には、差異や独自性を塗りつぶす強制力、言うことを無理やり聞かせる暴力が必要となる。国連中心主義が普遍主義である以上、言うことを聞かない国家を懲らしめる暴力装置が必ず必要になる。

自由同盟＝勢力均衡派はこう叫ぶ。

国際連盟が本当に各国の利益、各国民の幸福と安全を保障するならば、国際連盟はなるほど、存続させるべきであろう。だが、どこかの国民がその安全と幸福を奪われるというのならば、国際連盟は断じて公平なものではなく、存続させる理由はない。

現実を見よ。国際連盟がその成立以来、特定の国民に圧迫を加え、幸福を奪い、発展を阻止してきた事例は二、三にとどまらない。

理由のいかんを問わず、各国の正当な権利、利益を妨害し侵害することは罪悪であり不法行為である。国際連盟がやってきたのは、まさにそういう不法行為だ。

（本書210～211ページ）

普遍主義の世界の中では、必ず、「圧迫され、幸福を奪」われる国が出てくる。そうした国が不満の声をあげた時に、それを圧殺する力を、普遍主義陣営は持たなければならない。

樋口が見抜いていたのは、ここである。現実の国際連盟は、その啓蒙主義的理念は立派だが、それを普遍化するためには、暴力装置が欠けていたのだ。

したがって、国際連盟はその構成国である日本とアメリカ（作中ではアメリカも加盟している）が衝突した場合、それをとどめる力は持たない、結局、世界は自由主義同盟による勢力均衡の世界へ移行していく、というのが樋口の見立てであった。

現実の歴史として、日本はある時期まで、連盟中心主義による平和維持という理想を純朴に信じていた。

1920年代を通じて、国際協調の機運が高まった。日本は、国際連盟の常任理事国として国際協力と平和の維持に大きな責任を負う立場となり、

本格的に協調外交《きょうちょうがいこう》を推進していった。とくに、1924（大正13）年、護憲三派《ごけんさんぱ》内閣である加藤高明《かとうたかあき》内閣の外務大臣となった幣原喜重郎《しではらきじゅうろう》は、アメリカとの協調関係をすすめ、中国に対しては不干渉《ふかんしょう》政策をとって武力的な介入《かいにゅう》をさけ、条約上認められた日本の既得権益《きとくけんえき》を外交交渉により守ろうとする経済外交政策を推進した（幣原《しではら》外交）。（中略）

ワシントン会議で取り決められた海軍軍縮《ぐんしゅく》は、1922（大正11）年以降に、加藤友三郎《ともさぶろう》内閣のもとですすめられ、さらに、日本は自主的に陸軍の軍縮にも着手した。（中略）

政界・財界・言論界は、政府の協調外交と軍縮政策をおおむね支持した。しかし、軍部の一部の強硬派《きょうこうは》や国家主義団体の間には、このような政策はアメリカに屈服《くっぷく》するものだとして反発する声もあった。

（山川出版社『現代の日本史《日本史A》』、98～99頁）

1920年代、日本は国際社会の平和を維持する責務を負い、軍縮に応じ、連盟中心主義による普遍主義を受け入れていた。しかし、それはやがて行き詰まることになる。なぜ行き詰まったのか、というよりも、どうして連盟中心主義を受け入れることができたのかを考えたほうが早い。

これは人間と同じで、ある程度の余裕があるときには、「金持ち喧嘩せず」と言うとおり、少々の窮屈さは甘受できるものなのだ。現代日本の社会保障、公的扶助に照らして考えてみるとわかりやすい。右肩上がりの経済で、終身雇用が保証され、毎年給料が上昇していく世界であるならば、社会保障費の負担も公的扶助に用いられる税負担もそれほど気にはならないだろう。しかし経済は縮小する一方で、雇用は不安定となり、給料はむしろ減っていくような世界、自分一人が何とか生き延びるのがやっとの世界では社会保障費の負担は重大な関心事となる。また公的扶助についても「自分の生活も苦しいのに、なぜ自分が稼いだカネを、生活保護を受けている人間のために払わなければいけないのだ」という声が出てくるようになる。負担を引き受ける余裕がなくなると、当たり前だが、負担を拒否するようになるのだ。

大戦景気の余韻が残る１９２０年までは、日本にも余裕があった。だが、１９２０年３月のバブル崩壊以降、日本経済は下降していく一方であり、そこに関東大震災、金融恐慌、世界恐慌がたて続けに起こり、日本は協調外交を投げ捨て、帝国主義に舵を切らざるをえないところまで行き着いた。

樋口の予見通り、国際連盟は力を発揮できず、世界はブロック経済圏という名の自由同盟＝勢力均衡へと移行し、第二次世界大戦に至ったのだ。

樋口の小説では、日米戦争は周辺諸国の介入により、まったくの引き分けという形で終わる。これは作家としての配慮で、アメリカに敗北するという結末では後味が悪く読者に受けないし、かといって日本が大々的勝利を収めたのでは、樋口が密かに意図していた、当時の日本人への警告が意味をなさなくなる。

だから、小説が想定している未来からさらなる将来に、ふたたび日米が戦争に至ることを暗示して、その時にこそ勝利するためには、日本には何が必要か思考することを促して、物語を閉じたのである。

各章ごとの解説は以上である。それではいよいよ、本小説を現代の物語として読み解いていこう。

第二部　思想戦を戦う

「歴史の反復」と「関係の類比」

現代は新帝国主義の時代である——これが私の作業仮説だ。

未来に何が起こるか、具体的なことは人間にはわからない。それどころか、現代が歴史の中でどのような位置づけにあるのかを知るのもなかなか難しい。川で泳いでいる人は、自分が泳いでいる周りの状況については詳しく知ることができるが、その場所が川の流れ全体の中でどのような位置にあるのか——上流なのか中流なのか下流なのか、浅瀬なのか深い淵にあるのか、急流なのか緩流なのか、この先に滝があるのかないのか——こうしたことはなかなかわからない。

それを知るためには大きく二つの方法がある。すべてを流れに委ねて、最終的な結果から振り返り、事後的に「あの時はあの位置にいたのだ」と反省することだ。ヘーゲルは「ミネルヴァのふくろうは夕暮れに飛び立つ」と言ったが、ふくろうはギリシャ文化においては知恵の象徴で、夕暮れとは一つの出来事が終わったことを意味している。物事の意義は終わってからでないとわからないという意味である。しかし終わったことを分析する歴史学的考察は、今生きており、指針を必要としているわれわれには遅すぎる。

すると、もうひとつの方法、歴史的考察が必要となる。川の流れのたとえで言えば、歴史学的考察は、流れに流されて、滝壺へ落ちるなり外洋へ押し出されてから、当時を振り返るのに対し、歴史的考察は川の流れを上空から鳥瞰する方法だ。これには知的操作が必要で、キーワードは「歴史の反復」と「関係の類比」だ。この二つの言葉は異なる二つの概念を示しているのではなく、同じ一つの概念を別の言葉で言い表したものだ。

個別具体的な歴史的事件は、一回きりの出来事だ。『平家物語』で描かれる源平の争いは１０００年前に終わった出来事であって、現代日本が源氏と平家に分かれて、それぞれ赤旗と白旗を掲げて争うというように、具体的に歴史が反復することは決してない。しかし、権力をめぐって日本が二つに分かれて相争ったという構造は、源平以前にも以後にも、何度となく繰り返されている。古くは壬申の乱、源平以後には南北朝の争乱、関ヶ原の戦い、戊辰戦争が権力をめぐる大きな戦乱だ。実際に刀や銃で殺し合いをしないでも、議会政治は権力闘争の場であるし、選挙は「関ヶ原」のようなものだ。このように、具体的事実ではなくその関係性は歴史上、何度も反復される。
すると、現代はどのような時代であるかを知るには、現代ともっとも似た状況を過去に探し求め、過去との類比によってこれからどのような構造が反復されるかを知るという方法論が有効となる。

第一部でも述べた通り、私は現代の類比を1920年前後の日本に見出す。歴史は具体的には反復しないから、今後、2・26事件のように自衛隊の青年幹部が総理官邸を襲撃するようなことはない。しかし、その関係性は反復される。2002年の鈴木宗男事件から小沢一郎氏の陸山会事件に至る「検察の暴走」は、「政治は腐っている、腐った政治家を除去しなければならない」と義憤に燃えた青年将校たちによる2・26事件の「関係の類比」としてとらえると、官僚と政治家、国家の主人はどちらかという権力闘争の本質が見えてくる。

同じように、今後、ドイツがポーランドに侵攻したり、日本が満州を侵略するという具体的事実が反復されるのではない。むきだしの帝国主義が繰り返されることはない。だが、その構造においては同様のことがふたたび起きる、いや、すでに起きている。これを私は新帝国主義と呼んでいる。

第一次大戦後、世界は国際協調による平和維持に取り組んだが、恐慌などの要因が重なり、世界は樋口の言葉を借りるのならば、「国連中心主義から自由同盟へ」と動いていった。具体的には、世界はブロック経済圏を作り、それぞれのブロックが勢力均衡を図ったのだが、均衡状態が崩れたことによって第二次世界大戦に至った。

現在、日本はＴＰＰ（環太平洋戦略的経済連携）への参加の是非をめぐって議論が分かれているが、ＴＰＰを「関係の類比」でとらえるとどうなるだろうか。

多くの人が忘れてしまっているようだが、戦後の国際貿易のルールはＧＡＴＴ体制（後にＷＴＯ＝世界貿易機関）で定められている。貿易摩擦は世界の諸国家で構成されるＷＴＯに持ち込まれ、そこで仲介、裁決が下されるのである。これに対し、ＴＰＰはＷＴＯとは別個に、一部の国家がグループを作り、その中だけで通用するルールを作るという動きである。つまり、ＷＴＯという普遍主義が限界を迎えたため、ＴＰＰという自由同盟、ブロック経済圏が作られつつあるのだ。

こう考えるとＴＰＰは、コメを守るのか、牛肉はどうするのかという位相とは全く異なる視点からとらえる必要があることが分かる。それは、日本はアメリカを中心とする経済ブロック圏に入るのか否か、という問題となる。言葉をかえれば、アメリカに屈するのか否かということになる。

多くのＴＰＰ反対論者が指摘するように、ＴＰＰは日本に多大な負担を与えることが予想される。ワシントン体制下の日本がそうであったように、国際協調を貫けば、大きな譲歩を迫られることになる。そして、１９２０年代末から国際協調をかなぐり捨てて、日本は日米戦争への道を歩んでいったのだ。

大東亜戦争の結果、日本は負けたが、冷戦の勃発という外部要因によって奇跡的に皇統という日本の國體の中心は守られた。だが次に戦争で負ければ、今度こそ日本の國體が完全に破壊される可能性がある。

新帝国主義の時代にあって、日本が大東亜戦争に至った歴史を反復させないためにはどうすればよいのか。

樋口麗陽は日米戦争回避のための警告を『小説　日米戦争未来記』に込めたのだが、その警告は活かされることはなかった。われわれはいま一度、樋口の警告に耳を傾けることで、日本が生き残る智慧をそこから学び取ることができる。

「信頼」というシステム

樋口の小説を、あらためて振り返ってみよう。

日米開戦によって国民は熱狂するが、自慢の日本艦隊はアメリカの新兵器によって全滅させられる。

この危機を回避できたのは、石仏博士の三大発明に関することと新式潜水艦による決死隊の活躍、メキシコ、ドイツ人およびドイツ系アメリカ人による親日的反米活動、諸国家による和平仲介のためだった。

樋口はまず、客観的根拠も勝算もなく、うぬぼれと熱狂だけで開戦すれば破滅をもたらすことを警告している。

そして、日米戦争という危機が「実はこの国難は日本および日本国民自らが招き寄せた結果であり、自業自得と言わざるをえない」（本書133ページ）のであり、「驕《おご》り高ぶり、自分さえ良ければいいという思想が蔓延したために、日本人は将来に必ず訪れる危機を見通すことができなくなってしまった」と、石仏博士に語らせている（同134ページ）。

かろうじて対等な立場で講和を結ぶことができたのは、親日的な諸国家、諸国民の活躍のおかげなのだが、裏返せばそれは、そのような親日国家なしには危機を回避することは不可能ということだ。

この警告を現代に照らしてみるとどうだろう。現在、孫崎享『戦後史の正体』が代表的なのだが、「アメリカけしからん」という心情的言説が論壇に流通している。これらはTPPで日本のこうむる不利益が明らかになるにつれて、ますます大きくなることが予想できる。だが、熱狂に流されていたずらに反米を煽るのは危険だ。日本がアメリカと全面対決できないのは、客観的に見て、日本はアメリカという帝国主義国家と渡り合う実力を持っていないからだ。樋口は客観的に、等身大に自らを認識することの重要性を何度も指摘している。

現在の日本の実力のなさ、それは石仏博士が言うように、「日本および日本国民自らが招き寄せた結果」であるし、「将来に必ず訪れる危機を見通すことができ」なかったためだ。

アメリカが「ずるい、卑怯だ、横暴だ」と言うのならば、それはその通りである。帝国主義時代において最強国はつねに狡猾で卑劣で横暴である。アメリカの場合、表看板に「人権」や「正義」「平等」などを掲げている分、卑劣さが際立って見えるだけで、その本質はかつての帝国主義国家オランダやイギリスが行ってきたことと変わりはない。

帝国主義時代において、強国に対して「ずるい、卑怯だ」と愚痴を述べることには、何の意味もない。そのような状況を招いた自ら以外に、責めるべき相手はいない。

それでは、そのような横暴に対抗すべく、日本は世界に親日国家、親日国民を得るような外交的努力をしているだろうか。小説で、日米が開戦した時にメキシコが、ドイツ人およびドイツ系アメリカ人が決起したように、敢然と日本の側に立ってくれるような国家国民が現在、あるだろうか。樋口の構想では、日本は利害ではなく、その道義的高潔さによって国際的信頼を得ている。現在の日本は道義的高潔さを有しているだろうか。

国際政治はパワー・ゲームであり、「道義的高潔さ」など関係ないと言うかもしれない。国際政治がパワー・ゲームであることは事実だ。しかし「道義的高潔さ」、言い換えると「信頼」という要因が大きな役割を占めているのもまた事実だ。

現代の世界は極めて複雑で、それぞれの利害が錯綜しており、その全体像をとらえきることはほとんど不可能だ。こうした複雑系を簡単に処理するために人間は「信頼」というシステムを生み出した。ドイツの社会学者ニクラス・ルーマンは次のように述べている。

——世界は、もはや制御不能な複雑性にまで拡大しており、その結果、他の人々は如何なる時点においても自由に多様な行為を選択しうるに至っている。しかし、この私は今・ココで行為しなければならない。他者がなにを行うかを観察し、それにもとづいて自分の態度を決めていくには、観察し態度を選びうるための時間は短い。その時間において把捉して消化しうる複雑性はほんの僅かであり、従ってそこで獲得されうる合理性もごく僅かである。しかるに、もし私が、他者の未来の規定された行為を（あるいは現在、過去の、いずれにせよ私にとっては未来になってようやく確定可能な行為を）信頼しうるならば、複雑な合理性へのチャンスはもっと多くなるであろう。もし私が利得の分け前が自分にも与えられることに信頼を持っているならば、私は、直ちには、また私に直接に関わる範囲では何の利益にもならないような形式の協同活動にも参与しうる。他者が私と調子を合わせて行為する、あるいはそれを思いとどまるということを当てにしうるならば、私は自分自身の利害関心をより合理的に追求できる。例えば、道路交通においても、より円滑に運転できるのである。

（ニクラス・ルーマン［大庭健・正村俊之訳］

――『信頼　社会的な複雑性の縮減メカニズム』勁草書房、39～40頁）

横断歩道を渡る時、青信号でわれわれは足を踏み出す。車道の車が交通ルールに従って停止することを「信頼」しているからだ。会社組織を考えてみよう。組織が大きくなればなるほど、どんな有能な人間でも末端の業務まですべてを把握することは不可能になる。だから部下を「信頼」して、仕事を任せる。「信頼」がなければ、横断歩道を渡るのは毎回毎回が命をかけた行為となるし、部下がサボっているのではないか、裏切っているのではないかと疑心暗鬼に陥れば会社の業務も機能不全になるだろう。社会は極めて緊張し、人々の神経は磨り減り、耐え難いほどになるだろう。

数年前、中国製の「毒ギョウザ事件」が発生した。これによって中国製食品への「信頼」が崩れ、中国製食品への警戒心が高まった。

この事件が起きたのは、中国の生産者の商品に対する意識の問題がある。

商品には「使用価値」と「交換価値」がある。鉛筆だったら文字を書くこと、ギョウザだったら食べて栄養とすること、これが「使用価値」だ。それに対して、鉛筆を1本20円で売る、ギョウザ10個を100円で出荷するというように、貨幣に交換できる共通性としてとらえること、これを価値という。家庭で手作りギョウザを作る時、家族はそこに毒が混入されているのではないかという心配をすることはない。作る人は家族のために作るから、毒を混入してもいいという発想にはならないし、食べる方もそれを「信頼」しているからだ。だが、見知らぬ赤の他人が食べるのならば、少々ゴミが混入しても価値さえあれば良いというような発想が生じる余地がある。日本人同士の間ではそういう発想は生じにくいが、「毒ギョウザ事件」の場合、中国の生産者は「日本人が食べるのだから、交換価値さえ確保できればあとは構わない」という発想になり、「信頼」が失われたのである。資本主義社会において使用価値は、カネ（価値）になるための制約条件だ。要するに使用価値のないものは売れない。それだからマルクスは『資本論』で、資本主義社会における使用価値は、「他人のための使用価値」であると強調した。

最近、飲食店アルバイトの若者が職場で不衛生な行為を働いて、その様子をネットに投稿したことが問題となったが、これにより、飲食店への「信頼」が毀損された。「信頼」が回復されないままだと、われわれは外食するたびに、「この料理にはゴミが混入されているのではないだろうか」と余計な心配をすることになる。これまでは日本ではこのようなことは起こらないという「信頼」があったのだが、この事件は日本人同士の間でも「信頼」が失われ始めていることを示している。

国際政治でも、それぞれの国家は「合意は拘束する」というルールに従うことによって「信頼」されている。ある条約を結んだら、その条約が定めるルールに従うという「信頼」のもとに政治は動いていく。いちいち、「条約を結んだとはいえ、明日にでも条約を破るのではないか」と心配し、疑念を抱いていては、とても円滑な交渉などできない。

樋口の小説でメキシコは日本への一方的好意から参戦するのだが、ルーマンの言葉を借りれば、「利得の分け前が自分にも与えられることに信頼を持っている」から、横暴なアメリカに従うよりも、道義的に高潔な日本の味方をするという「直ちには、また私に直接に係る範囲では何の利益にもならないような形式の共同活動にも参与」したということだ。

それではあらためて、現下の日本は世界の中で「何の利益にもならないような形式の共同活動にも参与」してくれる「信頼」を得ているであろうか。

反知性主義の罠

残念ながら、客観的に見て、現下の日本は国際的信頼を獲得しているとは言い難い。

たとえば第二部ですでに触れたように、日本は韓国の仕掛ける情報戦に負け、「慰安婦」をめぐって、国際世論の中で「日本は女性の人権をないがしろにする国だ」というイメージを作られつつある。

さらに、3・11以降、日本の国力が目に見えて衰えてきたため、中国、韓国はそれぞれ尖閣諸島、竹島と、帝国主義的領土拡大に乗り出し、あたかも日本が悪いためにこのような紛争が起きているというような印象を世界に広めることに余念がない。

また、福島第一原発での放射能汚染水海洋漏れが報じられて以来、日本の統治能力そのものに疑念が持たれている。1972年にロンドンで採択された「廃棄物その他の物の投棄による海洋汚染の防止に関する条約（略称・ロンドン条約）」に違反する、原発犯罪国家の烙印が押されかねないのだ。「ロンドン条約」第1条はこの条約の目的についてこう規定している。

締約国は、海洋環境を汚染するすべての原因を効果的に規制することを単独で及び共同して促進するものとし、また、特に、人の健康に被害をもたらし、生物資源及び海洋生物に害を与え、海洋の快適性を損ない又は他

――の適法な海洋の利用を妨げるおそれがある廃棄物その他の物の投棄による海洋汚染を防止するために実行可能なあらゆる措置をとることを誓約する。

日本も批准しているこの条約に基づき、今後、日本は条約違反として責任を問われる可能性は高い。日本は「国際的信頼」からもっとも遠い位置にあると言って良いだろう。こうした日本を取り巻く環境下で、日本がさらに反米へと踏み出した場合、日本は文字通り四面楚歌となる。自ら進んでＡＢＣＤ包囲網の中へ飛び込んでいくようなものだ。こうした時にもっとも警戒しなければならないのは、反知性主義の台頭だ。それは簡単に言えば、ことわざの「貧すれば鈍す」という状態に陥ることだ。

反知性主義は、客観性や実証性を軽んじ、自分が理解したいように世界を理解する態度である。大事なのは、反知性主義は非論理的であるどころか、むしろ論理的であることだ。たとえば、「病気は呪いをかけられることによって発生する。私は病気になった。これは、誰かが私に呪いをかけているからだ」という推論の形式は、論理的に間違っていない。ただ、最初の「病気は呪いをかけられることによって発生する」という命題が現代の客観的科学的知見からすると間違っているということだ。出発点の命題が間違っているのだから、その後の論理形式がいかに正しかろうと、推論全体は偽となる。しかし最初の命題について客観性や実証性を無視して自明のこととしてしまうと、形式論理的には正しいので、全体として間違った推論が真理であるかのように流通することになる。

歴史上、反知性主義が猛威を振るった例を少なくとも二つ挙げることができる。一つは中世ヨーロッパの魔女裁判だ。もう一つがナチス・ドイツの台頭だ。

一般にナチス・ドイツの反知性主義については、宣伝相ゲッペルスらによる印象操作、国民への情報統制を中心に語られることが多い。もちろん、それもナチスの重要な武器だった。だが宣伝だけでは国民は騙せない。納得できるような論理性が必要だ、たとえ前提が間違っていても。

より強い種族が弱者を駆逐するであろう。生きんとする衝動は最後の型においては、強者にその場所を譲るために、弱者を滅ぼすという自然のヒューマニティをその代わりに置かしめるために、個々人のいわゆるヒューマニティという笑うべき束縛がすべて、どんどん破壊されるのだからである。（中略）

そこでなお遠い将来のことではあるが、ただ二つの可能性だけが残る。つまり、世界はわが近代民主主義の観念にしたがって、すべての決定が数の上でより強い人種のために有利な結果に終わるか、あるいは世界は自然的な力の秩序の法則によって支配され、その場合残虐な意志を持つ民族が勝つことになり、したがって自制する国民が敗れるか、である。

しかしこの世界がいつかこのうえもなく激しい人類の生存の闘争にさらされるだろうことは、誰人も疑うことはできない。最後には自己保存欲だけが、永遠に勝利を占める。この欲望の下では、愚鈍や臆病やうぬぼれの強い知ったかぶりがごちゃまぜになって表れているいわゆるヒューマニティは三月の太陽のもとでの雪のようにとけてしまう。永遠の闘争において人類は大きくなった——永遠の平和において人類は破滅するのだ。

（アドルフ・ヒトラー［平野一郎・将積茂訳］『わが闘争（上）』角川文庫、196〜200頁）

ヒトラーの演説で典型的なのは、まず衝撃的な結論を訴え、その理由を述べるのだが、その理由の前提となる命題そのものの真偽は問われない。力強く「○○だからである」と言われると、人間はうっかりと、その前提命題の真偽を吟味することを怠りがちなのだ。「すべての蜂は殺さねばならぬ。というのも、蜂は人類に有害な存在だからだ」という発言があったとする。前提となる「蜂は人類に有害だ」を吟味すれば、「ある種の蜂は人にとって危険をもたらすことがある。だがその有害な蜂も生態系全体を支えているという点では人間にとって有益だ」ということにすぐに気づくはずであり、そうすると「すべての蜂は殺さねばならぬ」という主張が間違っていることに気づく。だが反知性主義の荒波の中では、こうした言説が平気で通用してしまうのだ。反ユダヤ主義という結論から、さまざまなロジックと暴力を駆使して、ナチスはホロコーストを行った。

反知性主義が蔓延する土壌には、二つの原因が考えられる。

一つ目は、ドイツの哲学者ユルゲン・ハーバーマスが言う「順応の気構え」だ。ハーバーマスは、国民の識字率、教育水準が高まれば高まるほど、反知性主義に流される原因を「順応の気構え」と名づけた。

われわれ一人ひとりは理性的であり、論理能力もある。ある問題について深く調べ、自分の頭で理解しようと努力すれば、ある命題の真偽は見抜くことができる。さきほどの

「蜂の命題」のように単純なものであれば、10秒も考えれば何がどのように間違っているのかすぐに気づくだろう。

しかし現代社会は、一人の人間がすべてについて調査し、論理的に思考するにはあまりに複雑で、考えるべきことは無数にあり、そして人生は有限だ。原発が危険か否かという、現代の最先端の物理学に係る問題にいたっては、この問題だけで一生を懸けることになる。ところが原発だけ考えるのではなく、食品の安全性はいかにして守るか、教育はいかにあるべきか、税制と社会保障とはどのようにあるべきか、こうした日常を取り巻く問題すべてを考えるには、時間と労力は現実的に間に合わない。

すると、「難しいことは専門家に考えてもらおう。彼らの言うことを真実だと信じよう」という「順応の気構え」が出てくる。マスメディア社会において、「順応の気構え」のトリックスターはワイドショーの人気司会者であり、電車の中吊り広告である。ある社会問題が発生した時に、新聞記者のように取材し、資料を集め、専門知識を用いて評価することは、社会生活を送る一般の人間には不可能だ。だからワイドショーなり電車の中吊りを眺め、「彼らがこう言っているのだから、この週刊誌にこう書いてあるのだから、そうなのだろう」と順応する。司会者が知的に不誠実であった場合、その言説に順応した人々も不誠実な言説を信じこむ結果となる。

二つ目は、文字通り、社会全体としての知的体力の地盤沈下である。反知性主義と、学校のテストの成績である偏差値は関係がない。むしろ偏差値の高い人間が客観性や実証性を軽んじ、自説に都合のいい要素をつまみ食いして自分勝手な物語を作ることはよくあることだ。その時に、客観的事実や実証的に間違っていることに瞬時に気が付かなくなること、これが知的体力の地盤低下だ。

たとえば、兼原信克氏という外務省幹部がいる。東京大学3年生の時に難しい外交官試験に合格しキャリアを積んできた兼原氏は、歴史を学ぶことの大切さを説き、『戦略外交原論』(日本経済新聞社)という大著を発表している。これは早稲田大学での講義をまとめたものなのだが、そこにはこんな記述がある。

ロックの活躍した17世紀の英国では、清教徒革命以降に政治が混乱していた。日本では、徳川幕府が立ち上がる頃である。当時英国では、宗教改革のうねりの中で、ヘンリー8世の国教会創設があり、清教徒革命があり、それに対する反革命が生じ、ついに名誉革命によって頑迷なジェームズ2

世を追放して大陸からオランダのオレニエ公を迎えるという事態に発展した。英国貴族議会は、王位に就けたとはいえかつての宿敵であるオランダ領主を兼ねた新英国国王の権限に厳しい制約を課し、マグナ・カルタを作成した。今日から見れば、民主主義の奔《はし》りであるが、当時の常識からすれば下剋上もいいところである。

（兼原信克『戦略外交原論』日本経済新聞出版社、251頁）

世界史を受験した早稲田大学の学生であれば「宗教改革のうねりの中で、ヘンリー8世の国教会創設があり」という記述が不正確であることに気づくはずだ（正確には、自分の離婚を成立させるために「国王至上法（首長法）」によってカトリック世界から離脱した。国教会の制定は後継者エドワード6世、エリザベス1世らによってである）。

もちろん、話には勢いというものがあるから、多少の不正確さに目くじらを立てる必要はない。ただ、活字媒体に移すときにこうした箇所は訂正しておくのが知的誠実さというものだ。

では、これはどうだろう。「ついに名誉革命によって頑迷なジェームズ2世を追放して……（中略）……マグナ・カルタを作成した」。

名誉革命は1688～89年の出来事で、マグナ・カルタの制定は1215年だ。話の勢いなどというレベルのミスではなく、中学校レベルの社会科の知識が抜け落ちている。これは、明治維新（1868年）の結果、御成敗式目（1232年）が制定されたというたぐいの間違いだ。

この問題は深刻だ。まず、社会的にエリートと目される人間がこの程度のレベルであること。このレベルの講義が早稲田大学で行われ、学生もそれを拝聴していたこと。書籍化にあたって、編集者も校閲者もこの間違いを見逃したこと。

これが現下日本の知的地盤沈下を顕著に示す例である。なお、この兼原氏は、内閣官房副長官補（事務次官級）を務める、安倍内閣のブレーンの一人である。

ロシアのことわざで、「魚は頭から腐る」と言う。社会や組織が腐敗していく時には、まずトップ、エリート層から腐っていくという意味だ。現在、安倍内閣が抱えている最大の問題は、内閣そのものが反知性主義に侵されていることだ。兼原氏のような基礎教養を軽視する官僚がブレーンに付いているかと思えば、「（戦前ドイツの）憲法は、ある日気づいたら、ワイマール憲法が変わって、ナチス憲法に変わっていたんですよ。だれも気づかないで変わった。あの手口を学んだらどうかね」と、ナチス憲法というものが存在すると思い、さらにナチスの手口に学べと発言する首相経験者の副総理がいる。

頭から腐り落ち、日本全体に反知性主義が蔓延し、その時に反米機運が吹き荒れれば、まさに樋口が懸念した熱狂が生じるだろう。

イデオロギーとしての親米・反米

反知性主義は単純な二分法を好む。知的労力を省けるからだ。すると、アメリカに対する態度は、反米でなければ親米、親米でなければ反米ということになる。

歴史的に考えると、これはあながち根拠がなかったわけではない。冷戦時代、世界が東西（共産主義と資本主義）というたった二つの原理に分断されていた頃は、たしかに反米＝親ソか親米＝反ソのいずれかに分類が可能だった。とくに、自国の国益と生存、國體の護持を最優先とする保守陣営においては、共産主義は皇統の断絶をもたらす可能性が非常に高いため、必然的に親米保守という立場をとることになった。

しかし、冷戦構造が崩壊した後、親米という立場を保持する理由はなくなったはずだ。冷戦というくびきを脱したからには、本来の日本のための保守、いわば「親日保守」となるのが当然だったはずだ。

しかし実際には、冷戦下の親米保守は、やむをえず親米の立場をとるという態度が変質し、硬直したイデオロギーと化してしまっていた。この原因は知的怠慢と、冷戦下の駆け引きで飛び交った個別利権が考えられるが、その研究についてはまた別の機会を持ちたい。

いずれにせよ、イデオロギーと化した親米保守に対して反動が生じる。反米保守である。だがこれも親米に対する裏返しであり、やはりイデオロギーにすぎない。

結局、親米と反米とは単なるイデオロギーの闘争にすぎず、「親日保守」という視点には決して至らない。

現下の日本では、反知性主義という土壌の上に反米というイデオロギーが育ちつつあるというのが私の問題意識だ。

そして、イデオロギー的に反米の熱狂に流されればどのような危険にわが日本を晒すことになるか、それが樋口麗陽の小説を復活させた理由である。

もう一度思い出してみよう。樋口の小説では、開戦と同時に在米日本人30万人が拘束され、新兵器の実験台にされようとしたのだ。樋口はアメリカ人の冷酷な残虐性、その怖さを非常によく理解していた。敵がどれほど恐ろしいか、よく理解もしないで反米という危険な火遊びをすれば、日本全体が火だるまになることを警告していたのである。

イデオロギーに駆られて、軽い遊びの気持ちで反米を煽るのは、危険極まりないことだ。次の戦争に負ければ、今度こそわが國體は完膚なきまでに破壊される可能性が非常に高いのだ。

では、やはり親米が良いのだろうか。長いものには巻かれておけというのが正解なのだろうか。

そうではなく、今はアメリカのゆるやかなくびきの下で苦汁（それほど苦くはないが）をなめさせられはするものの、必ずわが國體を守りぬくという「親日保守」の思想を確立することが大事なのだ。

思想戦を戦う

世界で諜報《インテリジェンス》が発達してる国はどこだろうか。多くの人はアメリカだと思うかもしれない。確かにアメリカはエドワード・スノーデン事件が明らかにしたように、最先端の技術を駆使して世界中から情報を集めることができる。

だが情報それ自体は、そのままでは意味を持たない。ただの素材にすぎない。大事なのは雑多に集められた情報を取捨選択し、その精度を評価し、情報の意義を明らかにすることだ。だから、スパイ映画のイメージとは裏腹に、諜報の現場は地味そのものだ。たいていは、新聞やマスメディアに公表された情報を収集し、そこから行間を読み込んで（ラテン語の inter［間を］-lego［組み立てる、読む］が intelligence の語源だ）、見えざる動きを察知する。これをＯＳＩＮＴ（オシント　Open Source Intelligence）と言い、諜報活動の大半はこの作業なのである。諜報にはもちろん非合法活動も含まれるが、そうした活動も地道な諜報活動の裏付けがなければ功を奏さない。

こうした活動にもっとも力を入れていて、世界的にも優れているのは、実はイスラエルや北朝鮮である。歴史的に諜報とは、弱者の武器なのだ。強国は他国に無理やり言うことを聞かせる武力を持っている。その強国に対抗するために、諜報という手段が生まれてきた。イスラエルや北朝鮮のように、常に国家が強国に脅かされていると、自衛のために諜報を強化することになるのだ。

同じように、思想というものは繁栄した強国では発達しない。強国に脅かされた周辺の比較的弱小国において発達するのだ。

西洋哲学ではギリシャ哲学がその動かしがたい基礎となっているが、古代ギリシャにおいてソクラテスやプラトンといった大哲学者が出てきたのはなぜだろうか。それは、彼らが生きた都市国家アテネが、常に強大な帝国主義国家ペルシアに圧迫されていたからだ。ペルシアに呑み込まれないためには、国家をいかに強化すべきか、それが彼らの問題意識の出発点だった。そこから、アテネ市民として守るべきものはなにかという問いが生まれる。守るべきものが「真・善・美」だというならば、「真理」とはなにか、「善」とはなにか、と問いが続いてゆく。これが現在に至るまで西洋哲学の基礎となっている。それに対して、強国であったペルシアの哲学というものは現代に伝わっていない。同様に、現代のアメリカに、哲学と呼べるものはない。哲学史的にはプラグマティズムと呼ばれるものがあり、現代ではハーバード大学のマイケル・サンデル氏が有名だが、いずれも、現状のアメリカ社会を肯定するための議論にすぎず、新しい世界観を生み出すものではない。

西洋だけではなく、中国でも孔子は魯《ろ》という小国の出身であったし、インドのゴーダマ・シッダルタは強大なコーサラ国に脅かされるシャカ族の出身だ。東西で導き出された結論に違いはあっても、切実に生存を懸けた思考が、彼らの思想を生み出したのだ。

これは現代でも同じことで、20世紀キリスト教神学に大きな影響を与えたカール・バルトはスイス、フロマートカはチェコの出身であり、哲学者マルティン・ハイデガーは敗戦で壊滅的打撃を受けた第一次世界大戦後のドイツで思索を行い、チェコのトマーシュ・マサリクは哲学者、社会学者としてチェコ独立のために思想戦を戦った（後にチェコスロヴァキア共和国初代大統領）。

客観的に言って、現下の日本も同じ位相にある。武力行使という実力において、日本はアメリカに決して勝てない。そうである以上、アメリカが何かを強硬に要求してきた場合、それを完全に拒絶することは不可能だ。だがそこにこそ思想が生まれる余地と必然性がある。日本は究極的に何を守るべきなのか、日本精神の神髄は何なのか、という親日保守の思想が確立されなければならない。

ここで、思想と精神主義を混同してはならない。気合と根性があれば竹槍でB29を落とせるなどというのは思想でも何でもない、単なる愚かさである。むしろ親日保守思想の確立にあたって、まっさきに排除しなければならないのはこうした精神主義、心情主義、念力主義だ。誤解を恐れずに言えば、大東亜戦争の敗北は、思想戦の敗北だった。アメリカと開戦するにあたって、物量が圧倒的に足りないことは誰もわかっていた。ならば物量を生産する思想か、もしくは石仏博士の新兵器のように、敵の物量に対抗できる発明の思想が必要だった。石仏博士の大獅子吼をもう一度読み返していただきたい。そこには、具体的かつ現実的な指摘がなされており、日本魂とかやまとごころには一言も触れられていない。

確かに日本の伝統の中には、『平家物語』のように、敗者の美学というべきものがある。個人しかしそれは、あくまで個人が個人の生命をどう処するかというレベルの話である。個人が潔く自己の生命を処するのは、本人の自由である。だが国家と国民（＝民族）はなんとしても生き延びなければならない。「かくすれば　かくなるものと　知りながら　やむにやまれぬ　やまとだましい」という心情主義を国家の運営に持ち込んではならない。それを持ち込んだことをもって、大東亜戦争を思想戦の敗北と言うのである。

主観的願望によって客観的情勢は変化しない。具体的に言おう。日本がアメリカの影響力から脱するためには自主防衛力をつけなければならないという議論がある。そのとおりだが、そのためにいきなり核武装を実現せよというのは客観的情勢を無視した主観的願望にすぎない。現実の国際政治において、起死回生とか一発逆転ということは生じえない。思いつめて地道な努力の積み重ねで、じわりじわりと現実を変えていくしか方法はない。

戦争に踏み切るのではなく、戦争を回避する思想を育まなければならない。

たとえば、現代の戦争において死活的に重要なのは準天頂衛星を所有しているかどうかだ。カーナビを使っていると、実際の位置とカーナビの地図にズレが生じることがある。これは、日本が準天頂衛星——特定の一地域の上空に長時間留まることができる衛星——を作ることができないからだ。準天頂衛星があれば偵察精度は極めて高くなるため、日本が所有することにアメリカは反対するだろう。現存のカーナビに用いられるGPS機能はアメリカの軍事衛星を借りており、これは日本上空を軌道とする準天頂衛星ではないため、ズレが生じるのだ。すると、まず日本が自前の準天頂衛星を所有することが自主防衛の第一歩となるが、「自主防衛のために準天頂衛星を開発したい」と正直に言ったところで、アメリカからは到底受け入れられない。だが準天頂衛星を手に入れるという自主防衛の思想がしっかりしていれば、手段は後からいくらでも考えられる。日本のGPSの不正確さがGPS技術がもたらす市場の拡大を妨げていると理由をつけて、経済効果を前面に出して準天頂衛星開発の合意をとればいいのだ。ここに書いた以上、この理屈付けだけではもはや通用しないだろうが、他にも方法はある。

繰り返すが、新帝国主義という弱肉強食の時代にあって、アメリカの影響下で生き延びざるをえないわが日本国家が、何を守りぬき、何を目指すべきなのか、思想的確立を急がなければならない。反知性主義に対抗すべく、知的体力をつけなければならない。わが日本国家の命運はそこにかかっている。

物語の力——あとがきにかえて

私が樋口麗陽の『小説　日米戦争未来記』に出会ったきっかけは、廣松渉『〈近代の超克〉論』を読み直していた時のことだった。

このような〝世界的予見〟（筆者注：日米戦争不可避）は、当時における小中学生向けの雑誌などを繙読《はんどく》してみれば〝小国民〟にまで徹底していたことが窺《うかが》い知れるのであるが、（……）

（廣松渉『〈近代の超克〉論』講談社学術文庫版、158〜159頁）

廣松は、戦前の常識として、世界はいわばトーナメント戦を戦っており、それはいずれ世界最終戦争に至るという意識が普通であったという文脈で、さらりと「小中学生向けの雑誌など」を挙げている。それが具体的にどのようなものだったのか、興味を覚えて私はいくつか、大正時代を中心に出版された「日米戦争もの」というジャンルの創作物をあたってみた。その一つが樋口麗陽のこの小説だった。

電波利用空中魚雷や空中軍艦というイメージは、それ自体で興味深いものだが、それ以上に私を知的に刺激したのは、著者・樋口がこの小説を「日米戦争回避のために書いた」と明言していることだった。

巻頭序言

本書は過般、予備の一員としてシベリヤに出征し、つぶさに戦争の艱苦と流血との一切を体験した大明堂主・神戸文三郎氏が凱旋記念として出版せんと乞わるるままに雑誌『新青年』に連載したものに改訂増補し、上梓したものであるが、巻頭において特に読者に対して注意しておきたいのは、本書は著者が一時の興味より出でたものではなく、実は重大なる目的の下に書いたものであって、しかもその目的はすこぶる広汎なものであるが、要するに日米の永久的平和、真の永久的親善提携を図らんとするにある。

日米両国とも、識者間には相当の理解があるが、一般の人々には曲解的理解を有しておるものが多いようである。したがって、両国民中の大多数は日米戦争は早晩、到底絶対に回避しあたわざるものであって、日米間の先天的プログラムであるかのように信じられておる事実があるように思われる。

由来、国交の親睦は単に一部識者の理解親睦のみによっては完全に期せらるべきものでない。一般国民の相互的真の理解の上に樹立されたものでなければ、真の親善提携は期せられない。

著者がこの日米戦争未来記において暗示したところのものが、果たして何であるかは、賢明なる読者の感解力に委《まか》す。しかし本書が日米両国民中の何人《なんぴと》によりて読まれても著者の暗示が曲解せらるることのないことは、著者の堅く信じて疑惧せざるところであり、かつ、本書の公刊の目的が、少なくともわが一般国民の対米戦争熱を煽動せんとするものにあらざることは読者の誤解のないように特にここに断言しておく。

大正九年四月　　　樋口麗陽　しるす

※原文は旧字・旧かな。句読点も含めて現代表記に則《のっと》り、読みやすくしてあります

実際、小説では開戦早々、自慢の日本艦隊は全滅してしまい、読者は「日本は勝つ」という主観的願望、幻想をぶち壊されてしまう。

樋口は読者を楽しませる工夫をしつつも、アメリカと日本、彼我の実力を測り、冷静に分析している。そして、樋口本人が石仏博士の口を借りて、アメリカはずるい、などという愚痴をこぼし、今ある現状の責任を自分ではなく他人に求めている限り、日本に未来はないことを示唆している。

この樋口の考え方は、反知性主義と反米思想がこれからの日本にとって最大の危機を招くという私の認識と親和的だ。そして、私が考えていることを樋口は抽象的な議論ではなく小説という形で見事に解き明かしていた。

私は小説、あるいは物語の力を重視している。これについては、私が語るよりも、経済学者・宇野弘蔵とフランス文学者・河盛好蔵との次の対話を読んでもらえばおわかりいただけると思う。

宇野　ぼくはこういう持論を持っているのです。少々我田引水になるが、社会科学としての経済学はインテリになる科学的方法、小説は直接われわ

れの心情を通してインテリにするものだというのです。自分はいまこういう所にいるんだということを知ること、それがインテリになるということだというわけです。経済学はわれわれの社会的位置を明らかにしてくれるといってよいでしょう。小説は自分の心理的な状態を明らかにしてくれるといってよいのではないでしょうか。読んでいて同感するということは、自分を見ることになるのではないでしょうか。

（中略）

河盛　それはたしかにそうですね。こういうことはいえませんか。実業家や政治家は絶えず実社会に接触しているという自信があるわけですね。それで小説なんかバカらしいものだと思っているんですが、ほんとうは彼ら自身の世界のなかにしかいないので、むしろ小説を読んだ方が自分たちの居場所がよくわかっていいのです。自分たちが宙に浮いていることがよくわかるのです。すぐれた小説を読まないために彼らにはいい政治ができないのではないですかね。

宇野　まあやはり実践的な活動をしじゅうしていると、そういうことを考慮する時間もないし、それでまたある程度はいいのでしょうが、しかし私の考えでは政治家にしてもそういう自分の居場所のわかるインテリになってもらいたい。インテリだったらナチスのようなことはできないのではないかと思うのです。あれは非常に簡単に実践的な面を考えて、なんでもできるという考え方からやる点で最もインテリでないものの政治といっていいと思うのです。

河盛　それはたしかにそうですね。

宇野　ぼくの経済学もすぐ役に立たないのですが、経済学も直ちに役に立つものとして使われるとなると、ナチス流になるといってよいのです。もちろん経済学の本来の目的は政治に役立つためにあるのですが、それは結局われわれの社会がどういうものであるかを明らかにするということにあるので、すぐ技術的に使うためにあるのではない。

（宇野弘蔵『資本論に学ぶ』東京大学出版会、209〜211頁）

反米という反知性主義的心情を解毒するには、心情を通してわれわれがどういう場所にいるかをわからせる物語の力が必要だ。これが、小説の超訳と解題という形で本書を執筆した理由である。

実際、宇野と河盛の対談にあるように、たしかに優れた小説は自分の居場所をわからせてくれる力がある。

２０１１年3月11日14時46分、私は仕事場（マンションの14階）のベッドに寝転んでソ連の作家ミハイル・プルガーコフの長編小説『巨匠とマルガリータ』を読んでいた。地震が起きた時、小説では黒猫ベゲモートがキノコの酢漬けを肴にウォトカを飲んでいた。

この物語では、ロシア革命を経たモスクワに悪魔ヴォランドとその一味が現れ、偽ルーブル札をばらまいたり、裸の魔女たちに大暴れさせたりと、市民たちを混乱と恐怖に陥れていくのだ。悪魔の目的は、社会主義という人類初の新しい社会体制下で、人間というものは変化したのか、していないのかを見定めることだった。

結局、ヴォランドは、人間は何も変わっていないことを確認して、こう言う。

「誰だってごく普通の人間だ。お金には目がないのだが、それはいつの時代だってそうではなかったか……人間はお金が好きで、革であれ、紙であれ、ブロンズであれ、黄金であれ、なんでできていようが、お金が好きなのだ。要するに、浅はか……まあ、それもよかろう……ときには慈悲を心に覚えることもあるものだ……ごく普通の人間なのだから……おおよそのところ、昔の人間と少しも変わってはいない……ただ、住宅問題が市民をだめにしているだけの話だ……」

（世界文学全集Ｉ‐05　ミハイル・ブルガーコフ［水野忠夫訳］『巨匠とマルガリータ』河出書房新社、188〜189頁）

震災の直後、原発の問題を私は中世悪魔学との類比としてとらえた。黒魔術では、悪魔を呼び出すのは簡単だ。問題は一旦呼び出すと、帰ってもらうのが難しいということだ。原子力という技術も、呼び出してしまった悪魔のようなものだ。

震災から2年以上が経過した今、実は原発という危機は未だ過ぎ去っておらず、悪魔は相変わらず居座っている。そして現代日本人がどのような場所にいるのかを考える時、どんな言論よりもヴォランドの言葉のほうが、われわれの居場所を教えてくれるように思う。これが物語の力なのだ。

私が付した解説はあくまでも解説にすぎない。読者に、樋口麗陽の小説を通して現代のわれわれ日本人の居場所をつかんでいただければ、それほど超訳者冥利に尽きることはない。

なお、本書の刊行にあたっては『月刊日本』（K＆Kプレス）編集部のみなさん、とりわけ副編集長・尾崎秀英氏にお世話になりました。深く感謝いたします。

平成25年8月29日　東京都新宿区曙橋の自宅にて

佐藤　優

写真・イラスト・図版提供／K＆Kプレス

本書は2013年9月にK&Kプレスより刊行された『超訳　小説　日米戦争』を改題し、加筆・再編集をしたものです。また、本書に収録されている『超訳　小説・日米戦争』に関して、今日では使われなくなった中国をシナとするなどの表現が含まれていますが、超訳の原書となった樋口麗陽氏の『小説　日米戦争未来記』が書かれた、戦時下という特殊な状況にあった当時の時代背景を知る歴史史料としての意味あいを考慮し、原書に沿ったかたちで編集しています。（編集部）

徳間文庫カレッジ

2015年7月15日　初刷

この国《くに》が戦争《せんそう》に導《みちび》かれる時《とき》

超訳《ちょうやく》 小説《しょうせつ》・日米戦争《にちべいせんそう》

著　者　佐藤優《さとうまさる》

発行者　平野健一

発行所　株式会社徳間書店
東京都港区芝大門2-2-1 〒105-8055
電話　編集 03-5403-4350　販売 048-451-5960
振替 00140-0-44392

印　刷　図書印刷株式会社

製　本　ナショナル製本協同組合

ブックデザイン　アルビレオ

ISBN 978-4-19-907035-8
乱丁、落丁本はお取りかえいたします。